أُربطة

دومينيكو ستارنونه

أُربطة

ترجمتها عن الإيطالية
أماني فوزي حبشي

الكرمة

لمزيد من المعلومات عن الكرمة: facebook.com/alkarmabooks

نُشر هذا الكتاب بدعم للترجمة من وزارة الشؤون الخارجية والتعاون الدولي الإيطالية

Questo libro è stato tradotto grazie a un contributo alla traduzione del Ministero degli Affari Esteri e della Cooperazione Internazionale italiano.

ستارنونه، دومينيكو.

أربطة: رواية / دومينيكو ستارنونه؛ ترجمة أماني فوزي حبشي ـ القاهرة: الكرمة للنشر، ٢٠١٩.

٢٠٨ ص؛ ٢٠ سم.

تدمك: 9789776743052

١ـ القصص الإيطالية.

أـ حبشي، أماني فوزي (مترجم).

بـ العنوان.

رقم الإيداع بدار الكتب المصرية: ٢٠١٩ / ١٦٣٠٣

٢٤٦٨١٠٩٧٥٣١

تصميم الغلاف: أحمد عاطف مجاهد

الكتاب الأول

الفصل الأول

(١)

إذا كنت قد نسيت، أيها السيد المحترم، فدعني أذكِّرك: أنا زوجتك. أعلم أن هذا كان يعجبك في وقت ما، ولكن الآن، فجأة، أصبح يسبب لك الضيق. أعلم أنك تتظاهر بأنني غير موجودة، وبأنني لم أوجد قطُّ، لأنك لا تريد أن تسيء إلى نفسك أمام الشخصيات المثقفة جدًّا التي تتردد عليها. أعلم أن كون حياتك منظمة، وأن عليك أن تعود إلى المنزل في ساعة العشاء، وتنام معي وليس مع أي شخص يعجبك، شيء يُشعرك بالغباء. أعلم أنه يُخجلك أن تقول: «أتعرفون؟ لقد تزوجتُ يوم الحادي عشر من أكتوبر عام ١٩٦٢، وأنا في الثانية والعشرين من عمري. أتعرفون؟ قلتُ نعم أمام الكاهن، في كنيسة في حي ستيللا، وفعلت ذلك فقط بدافع الحب، ولم يكن عليَّ إصلاح أي شيء. أتعرفون؟ لديَّ بعض المسؤوليات، وإذا لم تتمكنوا

من فهم معنى أن تكون لدى المرء مسؤوليات فأنتم أشخاص مساكين». أعلم، أعلم ذلك جيدًا جدًّا. ولكن سواء أردتَ ذلك أم لا فالواقع هو التالي: أنا زوجتك وأنت زوجي، وقد تزوجنا منذ اثني عشر عامًا ـ سنكمل اثني عشر عامًا في أكتوبر ـ ولدينا طفلان، «ساندرو» المولود عام ١٩٦٥، و«آنّا» المولودة عام ١٩٦٩. هل يجب عليَّ أن أُطلعك على الوثائق الرسمية لتعود إلى صوابك؟

كفى، اعذرني، فأنا أبالغ. أعرفك، وأعلم أنك شخص صالح. ولكن أرجوك، بمجرد أن تقرأ خطابي هذا عد إلى المنزل، أو، إذا لم تكن تشعر بعد بالرغبة في العودة، اكتب واشرح لي ما هذا الذي يحدث لك. سأحاول أن أتفهم، أعدك بهذا. الأمر واضح لي بالفعل أنك بحاجة إلى مزيد من الحرية، وهذا حقك، أنا والطفلان سنحاول قدر الإمكان ألَّا نثقل عليك، إلا إن عليك أن تشرح لي بالتفصيل ما الذي يحدث بينك وبين هذه الفتاة. ها قد مرت ستة أيام وأنت لا تتصل، ولا تكتب، ولا تدعنا نراك. يسألني «ساندرو» عنك، و«آنّا» لا تريد أن تغسل شعرها لأنها تقول إنك وحدك مَن يجففه جيدًا. لا يكفي أن تُقسم أن هذه السيدة أو الآنسة لا تهمك في شيء، وأنك لن تراها ثانية، وأنها لم تكن سوى نتيجة أزمة تجتاحك منذ فترة. قل لي كم سنها، وما اسمها، وما إذا كانت تدرس أم تعمل، أو لا تفعل أي شيء. أراهن أنها هي مَن

قبَّلتك أولًا، فأنت غير قادر على القيام بأي مبادرة، أعلم هذا، فأنت لا تتحرك إذا لم يدفعك شخص ما. والآن أصابك البله، لقد رأيت نظرتك وأنت تقول لي: «لقد كنت مع أخرى». هل تريد أن تعرف رأيي؟ أعتقد أنك لم تدرك بعد ماذا فعلت بي. هل تدرك أن ما حدث كان مثل أن تضع يدك في حلقي وتشدَّ وتشدَّ وتشدَّ حتى تخلع مني ذلك الشيء الموجود في صدري؟

(٢)

عندما أقرأ ما تكتبه، يبدو لي أنني الجلاد وأنت الضحية، وهذا ما لا أحتمله، فأنا أبذل أقصى ما لديَّ، وأفرض على نفسي ما لا يمكنك أن تتخيله من جهد، وفي النهاية أنت هو الضحية؟ لماذا؟ لأنني رفعت صوتي بعض الشيء، أو لأنني هشمت دورق المياه؟ لا بد أن تعترف أنني كان لديَّ بعض الحق في هذا. لقد عدتَ بلا أي مقدمات، تقريبًا بعد شهر من الغياب. كنت تبدو هادئًا، بل عطوفًا. قلتُ في نفسي: لحسن الحظ عاد إلى صوابه. إلا أنك قلتَ لي، كأن شيئًا لم يكن، إن الإنسانة نفسها التي، منذ أربعة أسابيع، لم تكن في نظرك مهمة ـ ومن ذوقك قررت أيضًا أن تمنحها اسمًا، وأطلقت عليها اسم «ليديا» ـ أصبحت الآن مهمة إلى حد أنك لن تستطيع العيش من دونها. إذا استبعدنا اللحظة

٩

التي أشرتَ فيها إلى وجودها، أخذتَ تتحدث معي كأن الموضوع يتعلق بأمر تكليف في مهمة عمل لا يمكنني وفقًا له سوى أن أوافق وأقول لك: لتذهب إذن مع «ليديا» هذه. أشكرك، سأبذل قصارى جهدي حتى لا أتسبب لك في إزعاج آخر. وبمجرد أن حاولتُ أن أظهر رد فعلي، منعتَني، وانتقلتَ إلى المواضيع العامة حول الأسرة: الأسرة في التاريخ، والأسرة في العالم، أسرتك الأصلية، نحن. هل كان لا بد أن ألتزم الصمت والأدب؟ هل هذا ما كنتَ تطلبه؟ يا لك من سخيف! بعض المرات، تعتقد أنه يكفي أن تقدم بعض الأحاديث العامة، وبعض القصص الصغيرة لتضع الأمور في سياقها الصحيح. ولكنني تعبت من حيلك الصغيرة تلك. لقد قصصتَ عليَّ للمرة الألف، ولكن بنبرة مثيرة للشفقة لا تستعملها في العادة، كيف أن العلاقات السيئة جدًّا بين والديك قد دمرت طفولتك. واستخدمتَ الخيال والانفعال، وقلتَ إن أباك قد وضع الأسلاك الشائكة حول والدتك، وإنك في كل مرة كنت ترى عقدة من الحديد المسنن تدخل في جسدها كنت تتألم. ثم انتقلت إلينا. شرحت لي كيف أن أباك قد آذاكم جميعًا، وأنت مِن ثَمَّ ـ نظرًا إلى أن شبحه، كرجل تعيس قد حولكم إلى بائسين، ما زال يعذبك ـ تخشى أن تؤذي «ساندرو» و«آنّا»، وتؤذيني أنا على وجه الخصوص. هل رأيت كيف أنني لم أنسَ ولا كلمة واحدة؟ لمدة طويلة أخذتَ تستفيض في الشرح، بهدوء العالِم ببواطن الأمور، حول الأدوار التي سُجنّا

داخلها بسبب زواجنا ـ أدوار الزوج، والزوجة، والأم، والأب، والابن، والابنة ـ ووصفتنا ـ أنا وأنت وطفلينا ـ بأننا تروس آلة ليس لديها أي عقل، مجبرة على تكرار حركات بليدة إلى الأبد. وأخذتَ تتحدث بهذه الطريقة، وأنت تذكر من حين إلى آخر اسم كتاب ما لتخرسني. في البداية اعتقدتُ أنك تتحدث معي بتلك الطريقة لأن شيئًا ما سيئًا حدث لك، ولم تعد تتذكر من أكون، وأنني شخص له مشاعر وأفكار، وصوت يخصه، وأنني لستُ عروسًا متحركة في عرض العرائس هذا الذي تقدمه. لقد انتابني الشك متأخرًا جدًّا بأنك كنت تجبر نفسك على مساعدتي. كنت تريد أن تُفهمني أنك، بتدمير حياتنا المشتركة، كنت في الواقع تحررنا أنا والطفلين، وأننا لا بد أن نشعر بالامتنان أمام كرمك هذا. آه، شكرًا، كم أنت لطيف! وشعرتَ بالفعل بالإهانة بأنني طردتك من المنزل؟

«آلدو»، أرجوك فكِّر. نحن في حاجة إلى مواجهة أحدنا الآخر بطريقة جدية. لا بد أن أفهم ما الذي يحدث لك. خلال فترة عشرتنا الطويلة جدًّا كنت دائمًا رجلًا عطوفًا، سواء معي أو مع الطفلين. أنت لا تشبه أباك على الإطلاق، أؤكد لك هذا، ولم ألحَظ قَطُّ ذلك الشيء المتعلق بالسلك الشائك وبالعقد الحديدية وكل الحماقات الأخرى التي ذكرتَها. إلا أنني أدركت ـ وهذا حقيقي ـ أن شيئًا ما بيننا كان قد بدأ في التغير خلال الأعوام الأخيرة، وأنك كنت تنظر باهتمام إلى النساء

الأخريات. أتذكَّر جيدًا تلك المرأة في أحد المخيمات منذ صيفين، كنتَ مستلقيًا في الظل، تقرأ لساعات. كنتَ تقول إن لديك ما تفعله، ولم تهتم بي أو بالطفلين، كنتَ تدرس أسفل أشجار الصنوبر، أو مستلقيًا على الرمال، كنتَ تكتب، ولكن إذا رفعت عينيك كنت تفعل ذلك لتصوبهما نحوها. وتمكث فاغرًا فمك، كأن فكرة مضطربة تدور في رأسك وتحاول أن تمنحها شكلًا ما.

في تلك الفترة قلتُ لنفسي إنك لا تفعل شيئًا سيئًا، فالفتاة جميلة، ولا يمكن للمرء أن يتحكم في عينيه، ومن حين إلى آخر يمكن لنظرة ما أن تفلت منه. ولكنني تألمت كثيرًا، وخصوصًا عندما بدأتَ تعرض المساعدة في غسيل الأطباق، وهو الشيء الذي لم يكن يحدث قَطُّ. تقفز نحو الأحواض عندما تبدأ هي في الاقتراب، وتعود إلى مكانك عندما تعود هي. هل تعتقد أنني فاقدة البصر، أو أنني بلا مشاعر، وأنني لم أدرك هذا؟ قلتُ لنفسي: اهدئي، هذا لا يعني أي شيء. فلم أستطع فهم أنه يمكنك أن تُعجَب بأخرى. كنت مقتنعة بأنني، إذا كنت قد أعجبتك مرة، فسأظل موضع إعجابك إلى الأبد. اعتقدتُ أن المشاعر الحقيقية لا تتغير، خصوصًا عندما نرتبط بالزواج. قلتُ لنفسي إن هذا يمكن أن يحدث، ولكن فقط للأشخاص السطحيين، وهو ليس كذلك. ثم قلت لنفسي إنها أزمنة تغيير، وإنك أيضًا تضع النظريات عن ضرورة إلقاء كل شيء في

الهواء، وإنني ربما جرفتني بعيدًا جهود الأعمال المنزلية، وتدبير الأموال، واحتياجات الطفلين. بدأت أنظر إلى نفسي في المرآة سرًّا. كيف كنت وماذا كنت؟ لم يغير فيَّ الحملان سوى القليل، ربما لا شيء، وكنت زوجة وأمًّا بارعة، ولكن من الواضح أنه لم يكفِ أن أظل كما كنت حين تعارفنا ووقعنا في الحب، بل ربما هنا يكمن الخطأ، كان لا بد أن أجدد من نفسي، كان من الضروري أن أكون أكثر من مجرد زوجة جيدة وأم ماهرة. وهكذا بدأتُ أحاول أن أشبه تلك التي كانت في المخيم، والصبايا اللاتي لا بد أنهن يحُمن حولك في روما، وأجبرت نفسي على أن أوجد أكثر في حياتك خارج المنزل. وبدأتْ بالتدريج مرحلةٌ مختلفة. أتمنى أن تكون قد لاحظت هذا. أم لا؟ هل لاحظته ولكن لم يفد في شيء؟ ولماذا؟ ألم أفعل ما يكفي؟ هل مكثتُ في مفترق الطرق، فلم أنجح في أن أحاكي الأخريات وفي الوقت نفسه لم أظل كما كنت؟ أم أنني بالغت؟ أصبحت جديدة بدرجة كبيرة، وتَسبب لك تغيري هذا في الاضطراب، جعلتُك تخجل مني، ولم تعد تستطيع معرفتي؟ لنتحدث عن الأمر، لا يمكن أن تتركني في هذا الغموض. لا بد أن أعرف عن «ليديا» هذه. هل لديها منزل، وهل تنام لديها؟ هل تملك ذلك الذي كنت تبحث عنه ولم يعد لديَّ، أو لم يكن لديَّ قَطُّ؟ تهربتَ وتجنبتَ بكل الطرق أن تقول لي أشياء واضحة. أين أنت؟ لديَّ العنوان الذي تركته في روما، ورقم

الهاتف أيضًا، ولكنني أكتب لك ولا تجيب، وأهاتفك ويرن الهاتف ولا مجيب. ماذا يجب أن أفعل لأعثر عليك؟ أهاتف أحد أصدقائك؟ أذهب إلى الجامعة؟ هل يجب أن أصرخ أمام زملائك وطلابك، وأُعرِّف الجميع أنك شخص غير مسؤول؟

لا بد أن أدفع فاتورة الكهرباء والغاز وإيجار المنزل. وماذا عن الطفلين؟ عد في الحال، فمن حقهما أن يكون لديهما أبوان يهتمان بهما في النهار وفي الليل، أب وأم يتناولان معهما الإفطار في الصباح، ويصطحبانهما إلى المدرسة، ثم يذهبان ليأخذاهما عند الخروج. من حقهما أن تكون لهما عائلة، عائلة بمنزل يمكن للجميع تناول الغداء فيه معًا، واللعب، والانتهاء من الواجبات المدرسية ومشاهدة التلفزيون، ثم تناول العشاء ثم مشاهدة التلفزيون مرة أخرى، ثم يُقال فيه: «ليلة سعيدة». «قل «ليلة سعيدة» لأبيك يا «ساندرو»، وأنتِ أيضًا يا «آنَّا». قولا «ليلة سعيدة» لأبيكما، من دون شكوى من فضلكما. لا حدوتة هذا المساء، تأخر الوقت. إذا كنتما تريدان حدوتة لا بد أن تُسرعا في غسل أسنانكما، سيحكيها لكما بابا، ولكن ليس أكثر من ربع ساعة، ثم تخلدان إلى النوم، وإلا سنصل متأخرين غدًا إلى المدرسة، وأيضًا لا بد أن يلحق أبوكما بالقطار مبكرًا، فإن تأخر سيلومونه في العمل». ماذا عن الطفلين؟ ألم تعد تتذكر هذا؟ كانا يُسرعان ليغسلا أسنانهما، ثم يأتيان إليك من أجل الحدوتة، كل مساء، مثلما كان يحدث منذ أن جئنا بهما إلى الدنيا، وكما يجب

أن يحدث حتى يكبرا، حتى يذهبا من المنزل، ونشيخ نحن. ولكن ربما لم يعد يهمك كثيرًا أن تشيخ معي، لم يعد حتى يهمك أن ترى طفليك يكبران. هل الأمر كذلك؟ هل هو كذلك؟

أشعر بالخوف. المنزل منعزل، وأنت تعلم كيف هي نابولي، فهي مكان سيئ. في الليل أسمع ضوضاء وضحكات، لا أنام، أنا منهكة. ماذا لو دخل لص من النافذة؟ ماذا لو سرقوا منا التلفزيون، الجرامافون؟ ماذا لو قتلَنا أحد أعدائك انتقامًا منك في أثناء نومنا؟ هل يمكن ألَّا تدرك العبء الذي ألقيتَ به عليَّ؟ هل نسيتَ أنني لا أعمل، وأنني لا أعرف كيف يمكنني الاستمرار؟ «آلدو»، لا تدفعني إلى أن أفقد صبري، احذر. إذا بدأتُ في هذا فسأجعلك تدفع الثمن غاليًا.

(٣)

رأيتُ «ليديا». إنها صغيرة جدًّا في السن، وجميلة، ومهذبة. لقد استمعت إليَّ وهي منتبهة أكثر منك. وقالت شيئًا غاية في الصواب: «لا بد أن تتحدثي معه، فأنا لا دخل لي في علاقتكما». هكذا هو الأمر، فهي غريبة، لقد أخطأتُ بالبحث عنها. ماذا كان يمكنها أن تقول لي؟ إنك رغبت فيها، وإنك حصلت عليها، وإنها تعجبك وما زالت تعجبك؟ لا، لا، الوحيد الذي يمكنه أن يشرح

١٥

لي كل شيء عن هذا الوضع هو أنت. إنها تبلغ من العمر تسعة عشر عامًا، ماذا تعرف؟! ماذا تفهم؟! أنت في الرابعة والثلاثين، رجل متزوج، حاصل على قدر كبير من التعليم، لديك عمل محترم، وتحظى بتقدير كبير. فواجبك أنت أن تمنحني شرحًا وافيًا، وليس واجب «ليديا». إلا إن كل ما قلته لي، بعد شهرين، هو أنك لم تعد تستطيع أن تعيش معنا. بالفعل؟ وما السبب؟ معي ـ قد حلفت لي ـ لا توجد أي مشكلة. طفلاك لا يمكن مناقشة أمرهما، فهما طفلاك، وهما في أحسن حال معك، وأنت، باعترافك، تكون في أحسن حال معهما. إذن؟ لا إجابة. لا تنجح إلا في أن تتمتم: «لا أعلم، هذا ما حدث». وإذا سألتك: «هل لديك منزل جديد؟ كتب جديدة؟ أدوات تخصك؟»، تجيبني بالنفي: «ليس لديَّ شيء، أنا لست بخير». وإذا قلتُ لكَ: «أنت تعيش مع «ليديا»، تنامان معًا، تأكلان معًا»، تتملص وتتلعثم: «لا، ماذا تقولين؟ نتقابل فقط». أريد أن أحذرك يا «آلدو»، لا تستمر بهذه الطريقة معي، فلم أعد أحتمل. كل حوار بيننا يبدو لي مصطنعًا، بل دعني أوضح أنني أبذل مجهودًا يدمرني لأقول الحقيقة، بينما أنت تكذب عليَّ، وبكذبك عليَّ تُظهر لي كيف أنك لا تملك ذرة احترام تجاهي، وأنك تنبذني.

يتزايد لديَّ الشعور بالفزع. أخشى أن تتصرف بطريقة تنقل بها هذا الاحتقار الذي تشعر به تجاهي إلى طفلينا، إلى أصدقائنا، إلى الجميع. أنتَ ترغب في إقصائي، في إبعادي عن

كل شيء. ولكن الشيء الأهم هو أنك ترغب في تجنب أي محاولة لفحص تاريخنا مرة أخرى. إن هذا يدفعني إلى الجنون. أنا ـ بالاختلاف عنك ـ أحتاج إلى أن أعرف. من الضروري أن تخبرني بالتفصيل لماذا هجرتني. إذا كنتَ ما زلت تعتبرني إنسانًا وليس مجرد حيوان تُبعده عنك بعصا، فأنت مدين لي بتفسير، ويجب أن يكون تفسيرًا مقبولًا.

(٤)

الآن اتضح لي كل شيء. لقد قررتَ أن تنسحب، وأن تهجرنا لمصيرنا. تتمنى حياة خاصة بك، لا مكان لنا فيها. ترغب في أن تذهب حيث يحلو لك، وترى من يحلو لك، وأن تحقق نفسك كما يحلو لك. ترغب في أن تترك عالمنا الصغير وراءك وتدخل مع المرأة الجديدة إلى العالم الكبير. في نظرك لسنا سوى الدليل على كيف ألقيت بشبابك هباءً. تعتبرنا مرضًا منعك من النمو، ومن دوننا تتمنى أن تستعيد صحتك.

إذا كنتُ قد فهمتُ جيدًا، فأنت ضد أن أردد باستمرار كلمة «نحن». ولكن الأمر كذلك، فأنا والطفلان نحن، وأنت أصبحت أنت. لقد دمرت، برحيلك، حياتنا معك. لقد دمرت طريقتنا في النظر إليك، وما صدقناه عنك. لقد فعلت ذلك بكل وعي،

١٧

خططت له، وأجبرتنا على أن نتصرف حيال ذلك كأنك لست سوى نتاج تخيلاتنا. وهكذا حاليًّا، أنا و«ساندرو» و«آنّا»، نوجد هنا، معرضين للبؤس، ولأكثر حالات غياب الاطمئنان، وللحزن، وأنت تستمتع حيث أنت مع عشيقتك. والنتيجة هي أن طفليَّ ـ ففي هذه الحالة هما طفلاي أنا فقط ـ لا ينتميان إليك، فلقد تصرفت أنت بطريقة جعلت أباهما مجرد وهم بالنسبة إليَّ وإليهما.

إلا أنك تقول إنك ترغب في الحفاظ على العلاقات. حسنًا، ليس لديَّ أي شيء ضد هذا، ولكن بشرط أن تشرح لي كيف. هل تريد أن تكون أبًا له كل الصلاحيات، حتى إن كنت قد أخرجتني من حياتك؟ هل ترغب في أن تهتم بـ«ساندرو» و«آنّا»، وتكرس نفسك لهما من دوني؟ هل تريد أن تكون ظلًّا يظهر من حين إلى آخر، ثم تتركهما لي؟ اسألهما، لترى إذا كان طفلاك سيوافقان على هذا. أستطيع أن أقول لكَ فقط إن ما اعتقدا أنه يخصهما، انتزعتَه منهما أنت فجأة، وهو الشيء الذي يتسبب في ألم شديد لهما. «ساندرو» كان يُعدُّك نقطته المرجعية، والآن يتخبط، ولا تعرف «آنّا» أي ذنب اقترفَته، ولكنها تعتقد أنه ذنب كبير جدًّا وأنك عاقبتها بذهابك. إن هذا هو الوضع، أنت تفعل ما يريحك وأنا أشاهد ما يحدث. ولكنني أقول لك على الفور: أولًا، إنني لن أسمح لك بأن تُفسد العلاقة بيني وبينهما، وثانيًا، إنني سأمنعك من

أن تؤذيهما أكثر مما تسببت فيه بالفعل بعد أن كشفتَ عن وجه أب ليس به أي شيء حقيقي.

(٥)

أتمنى أن يكون قد اتضح لك الآن لماذا ستحتم نهاية علاقتنا نهاية العلاقة مع «ساندرو» و«آنًّا». من السهل القول: «أنا الأب وأرغب في أن أستكمل القيام بدوري». في الواقع قد أظهرت أنه لا يوجد مكان في حياتك الحالية للطفلين، وأنك تريد أن تتخلص منهما كما تخلصت مني. منذ متى، إذن، كنت تهتم بهما فعلًا؟

إليك آخر الأخبار، ربما تهمك. لقد غيرنا المنزل، لم أستطع أن أدفع الإيجار بما لديَّ من نقود. اضطررنا إلى أن نذهب لنعيش لدى «جانًّا». كان لا بد للطفلين أن يغيرا المدرسة والأصدقاء، و«آنًّا» تعاني كثيرًا لأنها لم تعد ترى «ماريزا»، وأنت تعرف كم تحبها. كان واضحًا لك منذ اللحظة الأولى أن الأمر سينتهي بهذه الطريقة، وأنك، إذا تركتني، ستتسبب لهما في الألم والمهانة. ولكن هل رفعتَ إصبعًا لتتجنب هذا؟ لا، فقد فكرتَ فقط في نفسك.

كنتَ قد وعدت «ساندرو» و«آنًّا» بأنك ستقضي الصيف معهما، الصيف كله، وأتيت لتأخذهما معك رغمًا عنك يومَ أحد،

١٩

وكانا مسرورَين. ولكن كيف انتهى الأمر؟ أحضرتَهما لي مرة أخرى بعد أربعة أيام، قائلًا إن العناية بهما تسببت لك في توتر، ولم تشعر بأنك قادر عليها، ورحلت مع «ليديا»، ولم تظهر بعد ذلك حتى الخريف، ولم تسأل نفسك أي العطلات سيقضيانها، وأين، وكيف ومع من، وبأي نقود. كانت حساباتك كلها تتعلق بما يريحك أنت وليس بما يريح الطفلين.

ولننتقل إلى زيارات أيام الأحد. كنت تصل متأخرًا متعمدًا، وتقضي بضع ساعات فقط. لم تأخذهما قَطُّ إلى خارج المنزل، ولم تلعب معهما مطلقًا. كنت تشاهد التلفزيون وهما جالسان بجوارك، في الانتظار، يراقبانك.

ماذا عن الأعياد؟ في أعياد الميلاد، ورأس السنة، والغطاس والقيامة لم تظهر قَطُّ. بل عندما يطلب منك الطفلان بوضوح أن يمكثا عندك، كنت تجيبهما دائمًا بأنه ليس لديك مكان لاستضافتهما، كأنهما غريبان. رسمَت لك «آنّا» حلمها عن الموت، وشرحته لك بالتفصيل. لم يرمش لك جفن، ولم تنفعل، أخذتَ تستمع إليها ثم قلتَ لها: «يا لها من ألوان جميلة!». كنتَ تهتز فقط عندما ـ في مناقشتنا معًا ـ تشعر بحاجتك إلى الإشارة إلى أن لديك حياتك، وأن حياتك ليست حياتنا، وأن الانفصال أمر نهائي.

اليوم أعلم أنك خائف. تخشى أن يُضعف الطفلان اختيارك بإقصائنا، وأن يندسا في علاقتك الجديدة، ويفسداها لك.

ولكن، يا عزيزي، أنت تثرثر فقط عندما تقول إنك ترغب في الاستمرار في دورك كأب. الحقيقة شيء آخر، فبتحررك مني تريد أن تتحرر أيضًا من الطفلين. من الواضح أن نقدك للعائلة والأدوار والحماقات الأخرى، ليس سوى ذريعة. أنت في واقع الأمر لا تصارع ضد مؤسسة قمعية تختزل الأشخاص في وظائف. لو كان الأمر كذلك لأدركتَ أنني أوافقك الرأي، وأنني أنا أيضًا أرغب في أن أتحرر وأتغير. لو كان الأمر كذلك، فبمجرد أن تفككت الأسرة لتوقفتَ أمام الهاوية العاطفية والاقتصادية والاجتماعية التي تدفعنا بداخلها ولأسرعت بالاعتراف بعواطفنا وبرغباتنا. ولكن لا. أنت تريد أن تتخلص من «ساندرو»، ومن «آنّا»، ومني كأشخاص. إنك لا ترانا سوى عائق أمام سعادتك، تشعر كأننا فخ يخنق رغبتك في الاستمتاع، تعتبرنا من البقايا غير المنطقية والخبيثة. لقد قلت لنفسك منذ البداية: لا بد أن أستعيد نفسي، حتى إن كان ذلك سيقتلهم.

(٦)

ثم تطرح عليَّ مَثَل الدرج. تقول: «هل يحضركِ عندما يصعد المرء الدرج؟ تتقدم القدمان الواحدة خلف الأخرى. هكذا تعلمنا منذ الطفولة. ولكن اختفت فرحة الخطوات الأولى. لقد

٢١

تشكلنا، في أثناء نمونا، على طريقة سير أبوينا، إخوتنا الأكبر، الأشخاص الذين ارتبطنا بهم. الآن أصبحت الأقدام تصعد على أساس العادات المُكتسبة. والتوتر والانفعال، وفرحة الخطوة فُقدت، مثلما فقدنا خصوصية الخطوة. فنحن نتحركُ ونحن نعتقد أن حركة أقدامنا تخصنا، ولكن الأمر ليس كذلك، فمعنا يصعد تلك الدرجات حشدٌ صغير اعتدنا عليه، وثقة الأقدام ليست سوى نتيجة للامتثال». وتختتم: «إما يغير المرء خطوته ويعثر مجددًا على فرحة البدايات، وإما أن يحكم على نفسه بالاعتيادية الأكثر كآبة».

هل لخصتُ جيدًا؟ هل يمكنني الآن أن أقول لك رأيي؟ إنه مجاز أحمق، يمكنك أن تأتي بشيء أفضل، إلا إنني، في كل الأحوال، سأعتبره جيدًا. فبطريقة تشبيهك المعتادة أردتَ أن تخبرني أننا كنا سعداء في وقت ما، ولكن بعد ذلك تحولت تلك السعادة إلى طقوس، وإذا كانت من جهة سمحت للأيام وللشهور وللأعوام بأن تمضي بلا مشكلات كثيرة، فمن جهة أخرى خنقتنا نحن والطفلين على حد سواء. ممتاز. ولكن الآن لا بد أن تفسر لي ماذا ينتج عن ذلك. هل تريد أن تقول لي إنه، لو كان هذا من الممكن لعدتَ، بكل سرور، خمسة عشر عامًا إلى الوراء. ولكن نظرًا إلى أن الرجوع إلى الوراء غير ممكن، ومن جهة أخرى بالنظر إلى أن رغبتك في متعة البدايات قوية، فلا يبقى أمامك سوى البدء من جديد مع «ليديا»؟ هل تريد أن

تقول هذا؟ إذا كان الأمر كذلك فلديَّ خبر لك. أنا أيضًا منذ فترة أشعر بأن فرحة تلك الفترة قد ضعفت. أنا أيضًا منذ فترة أشعر بأننا قد تغيرنا، وأن هذا التغير يؤلمنا، ويؤلم «ساندرو» و«آنَّا»، وأننا نخاطر بحياة زوجية مُعذبة لنا وللطفلين. أنا أيضًا منذ فترة أخشى أننا إذا اضطررنا إلى أن نعيش رغمًا عنا معًا وأن نربي طفلينا، سنتصرف ضد إرادتنا، وعندئذٍ سيكون من الأفضل أن تتركنا. ولكن أنا، أنا، بالخلاف عنك، لا أعتقد أن مفاتيح الفردوس الأرضي قد فُقدت بسبب خطئك، وأنه لذلك سيناسبني أن أتعلق بآخر أقل إهمالًا منك. أنا لا أقمعك، ولا أنكر حقك في الوجود، حتى لو كان ذلك في سبيل تحرير نفسي. ثم ما الطريقة التي سأحرر نفسي بها؟ هل بأن أكون مع آخر، وأن أكوِّن أسرة أخرى، كما تفعل أنت مع «ليديا»؟

«آلدو»، من فضلك، لا تلعب بالألفاظ، أشعر بالإنهاك، وستكون المرة الأخيرة التي أحاول فيها أن أعيدك إلى صوابك. إن الندم على الماضي ليس سوى حماقة، مثلما هي حماقة أيضًا الجري وراء بدايات جديدة. إن رغبتك في التغيير ليس لها سوى مخرج واحد، نحن الأربعة: أنا وأنت و«ساندرو» و«آنَّا». فواجبنا هو أن نمنح أنفسنا معًا خطوة جديدة. انظر إليَّ، انظر إليَّ جيدًا أرجوك، انظر إليَّ وحاول أن تراني. لا أشعر بالحنين إلى أي شيء. إنني أحاول أن أصعد درجاتك التعسة بخطوتي أنا، وأريد أن أتقدم. ولكن إذا لم تمنح أنت لي ولطفليك أي فرصة،

سألجأ إلى المحكمة، وسأطالب أن تُمنح حضانة الطفلَين لي أنا بمفردي.

(٧)

وأخيرًا قمتَ بتصرف واضح. لم يطرف لك رمش أمام حكم القاضي، ولم ترفع إصبعًا لتطالب بوظيفتك الأبوية التي كثيرًا ما تذرعتَ بها. لقد وافقتَ على أن أعتني أنا فقط بالطفلين، بصرف النظر عن الاحتياج الذي يمكن أن يكون لديهما إليك. لقد ألقيت على كاهلي بوجودهما، الذي أبعدته رسميًّا عنك. ونظرًا إلى أن الصمت معناه الموافقة، فإن القاصرَين الآن قد عُهد بهما إليَّ بحكم «ساري المفعول على الفور». أحسنت، أشعر حقًّا بالفخر لأنني أحببتك.

(٨)

لقد قتلت نفسي. أعرف أنني لا بد أن أكتب: لقد حاولت أن أقتل نفسي، ولكن هذا ليس دقيقًا، فأنا قد متُّ في الجوهر. هل تعتقد أنني فعلت هذا لأجبرك على العودة؟ هل هذا هو السبب الذي جعلك، حتى في هذه الحالة، تحرص تمامًا على ألّا تظهر

٢٤

ولا حتى خمس دقائق في المستشفى؟ هل خشيت أن تجد موقفًا لن تتمكن من الإفلات منه؟ هل خشيت أن تضطر إلى النظر مباشرةً إلى ما اقترفته؟

يا الله! إنك بالفعل إنسان ضعيف ومضطرب، عديم المشاعر وسطحي، العكس تمامًا لما اعتقدته فيك لمدة اثني عشر عامًا كاملة. لا يهمك الأشخاص، كيف يتشكلون وكيف يتطورون. أنت تستغل الناس. أنت تمنحهم مساحة فقط إذا وضعوك فوق منصة عالية. أنت ترتبط بهم فقط بشرط أن يعترفوا لك بمقام ودور جديرَين بك، فقط بشرط أنهم، في احتفائهم بك، يمنعونك من أن ترى أنك في الحقيقة شخص أجوف، وفَزِع من فراغك. في كل مرة تتعطل تلك الآلية، في كل مرة يبتعد الناس عنك ويحاولون أن يكبروا، تحطمهم أنت وتتجاوزهم. لا تتوقَّف أبدًا، فأنت بحاجة دائمًا إلى أن تكون مركز شيء ما. تقول إن السبب هو أنك تريد مواكبة عصرك. تسمي هذا: «مشاركتك الحماسية». أوه! بالتأكيد تشارك، بالتأكيد تشارك أكثر مما ينبغي. ولكن في الحقيقة لستَ سوى رجل سلبي، تتبنى أفكارًا وكلمات من الكتب الرائجة، وتعرضها، فأنت بجملتك خاضع للأعراف وللتقاليع التي يفرضها من لهم الحظوة في المجتمع، الناس الذين تتمنى أن تجد لنفسك مكانًا بسرعة بينهم. فأنت لست نفسك، متى كنتها بالفعل؟ فأنت لا تعرف حتى ماذا يعني هذا. إنك تحاول فقط أن تنتبه إلى استغلال الظروف عندما تظهر أمامك، إذا ظهرت.

٢٥

في روما ظهرت الفرصة لتعمل كمساعد في الجامعة، وبدأت عملك كمساعد. اجتاحتك ثورة الطلبة، وبدأتَ تنخرط في السياسة. ماتت أمك التي كانت تسندك، ونظرًا إلى أنني كنت موجودة بصفتي خطيبتك، تزوجتني. أنجبتَ طفلين، ولكن فقط لأنه، نظرًا إلى أنك زوج، بدا لك من الضروري أيضًا أن تكون أبًا، إذ هذا ما يفعله الجميع. وقعَت بين يديك فتاة لطيفة، وباسم التحرر الجنسي، والتفكك العائلي، أصبحت عشيقها. ستستمر كذلك إلى الأبد، لن تستطيع أبدًا أن تكون ما ترغب فيه، بل فقط ما يحدث لك.

لقد حاولتُ، في أثناء تلك الفترة البشعة ـ ثلاثة أعوام من العذاب ـ أن أساعدك. لقد جاهدتُ ليلًا ونهارًا أن أفحص ذاتي، وأن أدفعك إلى أن تفعل الشيء نفسه. لم تدرك ذلك. كنتَ تستمع إليَّ في شرود، وأنا شبه متأكدة أنك لم تقرأ قَطُّ خطاباتي. وبينما كنت أعترف أن العائلة، بالفعل، خانقة، والأدوار التي تفرضها علينا تسحقنا، ونتيجة لهذا كنت أقوم بمجهود لا يمكن تحمله للوصول إلى قلب الأمور، وكنت أتغير، أتغير في كل شيء، كنت في حالة تطور، وأنت لم تُدرك حتى ذلك. وإذا انتبهتَ كنت تشعر بالاشمئزاز، وتسارع بالابتعاد، تحطمني بنصف كلمة، بنظرة، بإيماءة. إن الانتحار، عزيزي، لم يكن سوى الإقرار بالوضع. لقد قتلتَني منذ زمن، وليس في دوري كزوجة، بل في كوني إنسانًا موجودًا في لحظته الأكثر امتلاءً والأكثر صدقًا. أن

أكون، في واقع الأمر، نجوت، وما زلت الآن على قيد الحياة،
حسب السجلات الرسمية، ليس لحسن حظي مطلقًا، ولكن
بالتأكيد لحسن حظ طفلَيَّ. غيابك، وعدم اهتمامك أيضًا في
هذه اللحظة الحرجة، أثبتا لي أنه لو متُّ، لما منعك أي شيء
عن السير، في كل الأحوال، في طريقك.

(٩)

سأجيب عن الأسئلة التي تطرحها عليَّ.
في العامين الأخيرين عملتُ في وظائف مختلفة، وغالبًا
مقابل قليل من المال، سواء في القطاع العام أو الخاص، وفقط
منذ فترة قريبة عثرت على عمل مستقر.
إن انفصالنا في الواقع موثق في محكمة الأسرة، وفي إعلان
الحضانة الذي وقعتَه. لا أرى الضرورة لإجراءات أخرى.
أتلقى بانتظام النقود التي ترسلها إليَّ، وإن لم أسألك أي
شيء لي ولا لطفلَيَّ. وفي حدود ظروفي الاقتصادية أحاول ألَّا
أستخدمها، أدخرها لـ«ساندرو» و«آنَّا».
التلفزيون تعطل منذ فترة وتوقفتُ عن سداد الاشتراك.
كتبتَ أنك في حاجة إلى إعادة أواصر العلاقة بينك وبين
ولديك. أنت تعتقد أنه، بمرور أربعة أعوام الآن، يمكن مواجهة

المشكلة بهدوء. ولكن ما الذي بقي ليواجَه؟ ألم تكن طبيعة احتياجك هذا محددة بدقة عندما انتزعت نفسك من وسطنا وسرقت منا حياتنا؟ عندما تركتهما لأنك لم تعد تتحمل المسؤولية؟ على كل حال قرأت عليهما طلبك هذا، وقررا أن يقابلاك. أذكِّرك، إذا كنت قد نسيت، «ساندرو» سنه ثلاثة عشر عامًا، و«آنًّا» تسعة. سحقتهما الشكوك والمخاوف، فلا تُزد حالتهما سوءًا.

الكتاب الثاني

الفصل الأول

(١)

لنبدأ بنظام. قبل الرحيل بقليل لقضاء الإجازة، استأجرت «فاندا» لمدة أسبوعين، بسبب كسر في المعصم لا يطيب، ووفقًا لنصيحة استشاري العظام، جهاز تحفيز إلكترونيًّا. كان المبلغ المتفق عليه مع الشركة مائتين وخمسة يوروهات، والتسليم خلال أربع وعشرين ساعة. في اليوم التالي وتقريبًا في الظهر، دق أحدهم الباب، ونظرًا إلى أن زوجتي كانت مشغولة في المطبخ، ذهبت لأفتح، وسبقني القط كالمعتاد. سلمت لي امرأة شابة، رفيعة، ذات شعر أسود قصير وربما محلوق بعض الشيء، وذات وجه رقيق، شاحب جدًّا، تبرز منه عينان مليئتان بالحيوية بلا زينة، صندوقًا رماديًّا. أخذتُ الطرد، وكانت محفظتي على الطاولة في مكتبي. قلت:

ـ معذرة، لحظة واحدة.

تبعتني إلى داخل المنزل من دون أن أدعوها للدخول.

صاحت وهي تلتفت إلى القط:

ـ جميل! ما اسمك؟

أجبت أنا:

ـ «لابِس».

ـ ما هذا الاسم؟

ـ تصغير «لا بِستيا»، الحيوان.

ضحكَت وانحنَت وربتت على «لابِس».

قالت:

ـ الحساب مائتان وعشرة يوروهات.

ـ أليس مائتين وخمسة؟

هزت رأسها نافية، وهي مندمجة تمامًا مع القط، تدغدغه أسفل حنجرته وتهمس له بكلمات بلا معنى. ثم، وهي في وضعها المنحني هذا، تحدثت معي بالنبرة الهادئة لمَن يعرف، وهو ينتقل في عمله من منزل إلى آخر، كيف يهدئ من قلق المسنين عندما يدق على بابهم شخص غريب. قالت:

ـ افتح الصندوق، الفاتورة بالداخل، وسترى أن المبلغ مائتان وعشرة.

وبينما تدغدغ القط، مرت بنظرتها فيما وراء باب مكتبي بفضول.

ـ كتب كثيرة!

ـ أحتاج إليها في عملي.

ـ عمل جميل. وكم هناك من التماثيل الصغيرة! ذلك المكعب هناك في الأعلى، لونه الأزرق رائع، هل هو مصنوع من الخشب؟

ـ من المعدن، ابتعته من براغ منذ بضعة أعوام.

أعلنت وهي تنهض:

ـ منزل جميل بالفعل...

ثم أشارت مرة أخرى إلى الصندوق:

ـ ألقِ نظرة أخرى سريعة.

أعجبتني عيناها اللامعتان. قلت:

ـ لا بأس.

وأعطيتها المائتين والعشرة يوروهات.

أخذَتها ونصحتني بينما تصافح القط:

ـ لا تُتعب نفسك أكثر من اللازم في القراءة.

إلى اللقاء يا «لابِس».

أجبت أنا:

ـ إلى اللقاء، شكرًا.

هذا كل ما حدث، لا أكثر ولا أقل. مرت بضع دقائق، وجاءت «فاندا» من المطبخ بمريولة خضراء تصل تقريبًا إلى قدميها. فتحَت الصندوق ووضعَت الشاحن في المقبس، وتأكدَت من أن المولد يعمل، وفحصَت الملف اللولبي لتفهم كيف يجب

أن تستخدمه. وأنا في ذلك الوقت، بدافع من الفضول، ألقيت بنظرة على الفاتورة الملحقة. كانت الفتاة قد خدعتني.

سألتني زوجتي التي، بمجرد أن يتغير مزاجي، تلحظ على الفور، حتى إن كانت شاردة:

ـ هل هناك شيء ما؟

ـ لقد أرادوا مائتين وعشرة يوروهات.

ـ وهل أعطيتها لهم؟

ـ أجل.

ـ ولكنني قلت لك مائتين وخمسة.

ـ بدا الشخص محترمًا.

ـ هل كانت امرأة؟

ـ صبية.

ـ جذابة؟

ـ ممم...

ـ معجزة أنها سحبت منك خمسة يوروهات فقط.

ـ خمسة يوروهات ليست مبلغًا كبيرًا.

ـ خمسة يوروهات تعادل ما قيمته عشرة آلاف ليرة.

وبشفتين مطبقتين كعادتها عندما تكون منزعجة، انتقلت لتدرس التعليمات. تحرص جدًّا على النقود. طيلة حياتها، موضوع الادخار يستحوذ عليها، وحتى الآن، على الرغم من آلام العظام، لا تتردد في أن تنحني لتأخذ من بين قاذورات

الشوارع عملة بعشرة سنتات. إنها من أولئك الأشخاص الذين لا ينسون أبدًا أن يؤكدوا، على سبيل التذكر الموجه خصوصًا إلى أنفسهم، أن يورو واحدًا هو المساوي لألفي ليرة، وأنه منذ خمسة عشر عامًا، إذا أراد شخصان الذهاب إلى السينما كانا ينفقان اثني عشر ألف ليرة، بينما اليوم، وبما أن السينما تكلف ثمانية يوروهات للتذكرة، فهما ينفقان اثنين وثلاثين ألف ليرة. إن ما نعيش فيه من رخاء في الفترة الحالية، ونوعًا ما أيضًا ما يعيش فيه ابننا وابنتنا، اللذان كثيرًا ما يطلبان النقود، لا يعود كثيرًا إلى عملي ولكن إلى حرصها الشديد. ومِن ثَمَّ، أن تحصل إنسانة غريبة، منذ دقائق قليلة، على خمسة يوروهات ملكنا، لا بد أنه يضايقها، بمقدار ما يمكن أن يسعدها أن تعثر على المبلغ نفسه بجوار سيارة متوقفة.

وكما يحدث في العادة، فإن إحباطها أثار أيضًا إحباطي. قلت:

ـ سأذهب لأكتب رسالة إلكترونية للشركة.

وذهبتُ إلى مكتبي ونيتي أن أُبَلِّغ عن عملية النصب الصغيرة تلك. أردتُ أن أهدئ زوجتي، فكثيرًا ما سبب لي عدم رضاها حالة من التوتر، بصرف النظر عن عبث الموقف وكيف أنني، في سِنِي هذه، ما زلت حساسًا تجاه عبوس زوجتي. وهكذا أدرتُ الحاسوب، ولوهلة بدأت تدور في رأسي إيماءات عاملة التسليم، وصوتها، وكلماتها. أعدتُ التفكير في النبرة الجذابة التي قالت بها «جميل!» عن القط، و«كتب كثيرة!»، وعادت

إلى ذهني الطريقة المُلحة، شبه العاطفية، التي دعتني بها لأفتح الطرد وأتحقق. من الواضح أن نظرة واحدة كانت كافية لتقرر أنه سيكون من السهل عليها خداعي.

إدراك ذلك ضايقني. رسمتُ ذهنيًّا خطًّا بين ما كان سيبدو عليه رد فعلي قبل بضعة أعوام (لا تضيعي وقتي، هذاهو المبلغ المطلوب، إلى اللقاء) ورد فعلي الحالي (القط اسمه «لابس»، إنها كتبي التي أعمل بها، ابتعت المكعب من براغ، حسنًا هكذا، شكرًا). عندئذٍ قررت أن أدق على لوحة المفاتيح بعض العبارات اللاذعة، لكن سرعان ما شعرت بعدم رغبة محيِّر يصيبني. فكرت: من يدري كيف تعيش تلك الإنسانة؟ أعمال صغيرة وأجور ضئيلة، تتحمل مسؤولية أبويها، لديها إيجار غالٍ، ضرورة أن تبتاع مستحضرات التجميل وزوجًا من الأحذية، زوج أو خطيب عاطل، مشكلات مخدرات. وقلت لنفسي: إذا كتبتُ للشركة، ربما فقدت أيضًا تلك الوظيفة الصغيرة. في نهاية الأمر ماذا يعني مبلغ خمسة يوروهات؟ إنه مجرد بقشيش، كنت أنا سأعطيه لها، بعيدًا عن نظرات زوجتي. ولكن على كل حال، في هذه الأزمنة البائسة، إن استمرت الصبية في الدوران وهي تزيد في الأرقام لصالحها، سرعان ما ستجد شخصًا أقل ترحابًا مني، وسيجعلها تدفع الثمن.

عدلتُ عن كتابة الخطاب، وقلت لـ«فاندا» إنني أرسلته، ونسيت الحدث برمته.

بعد ذلك ببضعة أيام سافرنا إلى البحر. أعدت زوجتي الحقائب، وسحبتُها أنا إلى أسفل حتى السيارة. كان الجو شديد الحرارة، والشارع ـ المزدحم عادةً ـ مقفرًا، والبنايات المحيطة بنا ساكنة، والنوافذ والشرفات معظمها محميًّا بقضبان ومصاريع مغلقة.

أغرقني العرق من التعب. أرادت «فاندا» مساعدتي، ونظرًا إلى أنني منعتها ـ كنت قلقًا على هشاشة عظامها ـ تلت عليَّ الأوامر حول كيفية تنظيم الحقائب. كانت عصبية، وتركُ الشقة يسبب لها التوتر. وعلى الرغم من أن الأمر يتعلق فقط بقضاء سبعة أيام على البحر في فندق قريب من «جاليبولي» ـ بالوجبات كلها وبمبلغ مقبول، ولا يجب عمل أي شيء سوى النوم والتمشية على الشاطئ، والاستمتاع بالسباحة ـ فإنها أخذت تردد أنها كانت ستحب أن تمكث للقراءة في الشرفة، بين شجرتَي الليمون والزعرور.

نسكن في هذا المنزل منذ ثلاثين عامًا، وفي كل مرة يحدث فيها أن نضطر إلى الاستقرار في أماكن أخرى، تتصرف كأننا لن نعود أبدًا. مع مرور الأيام، أصبح إقناعها بأن تسمح لنفسها ببعض الراحة أكثر تعقيدًا. قبل كل شيء لديها دائمًا الانطباع بأنها تخطئ هكذا في حق الابن والبنت والأحفاد. ثم، وأكثر

من أي شيء، يضايقها أن تترك «لابِس»، فهي تحبه وهو أيضًا يبادلها الحب. وأنا أيضًا، بطبيعة الحال، أحب حيوان المنزل، ولكن ليس إلى حد أن يدمر هذا إجازتي. وهكذا عليَّ أن أقنعها بحرص بأن القط سيخرب أثاث الفندق، وسيفسد رائحة غرفتنا، وسيضايق الضيوف الآخرين بموائه الليلي. وعندما تستسلم في النهاية لفكرة الانفصال عنه، لا بد أن أتأكد من أن ابننا وابنتنا سيمران ليملآ له أطباقه، وينظفا له درجه. وهذا عادةً يثيرها جدًّا، فالابن والابنة ليسا على علاقة جيدة، ولا بد من تجنب أن يضطر الأخ وأخته إلى اللقاء. فالتوتر بينهما كان موجودًا دائمًا منذ بداية المراهقة، ولكن الأمور زادت تعقيدًا منذ نحو اثني عشر عامًا عندما ماتت خالتهما «جانًا». الأخت الكبرى لـ«فاندا» لم تُرزق أطفالًا خلال حياتها البائسة، وكانت متعلقة بشكل خاص بـ«ساندرو»، وفي النهاية تركت له مبلغًا كبيرًا من المال بينما تركت لـ«آنًا» بعض الحلي قليلة القيمة. نشأت بينهما مشاجرة، طالبت «آنًا» أن يتجاهلا الرغبات الأخيرة للخالة، وأن يُقسم الميراث بالتساوي، ورفض «ساندرو». وكانت النتيجة أنهما لا يتقابلان مطلقًا، وهو الشيء الذي ـ بالإضافة إلى آلاف المشكلات الأخرى في حياتهما الفوضوية ـ يتسبب في آلام شديدة لأمهما. إذن لكي أتجنب مجرد أن يتلاقيا عندما يكون عليهما العناية بـ«لابِس» أدرس دور كل منهما ومواعيده، بينما تشرف عليَّ «فاندا»، التي ليس لديها أي ثقة بإمكانياتي التنظيمية،

وتتأكد أن لدى كلٍّ منهما مفتاح شقتنا. هذا الأوضح كيف أن كل شيء منهك. ولكن ها نحن الآن، أنا وهي، بين حقائبنا. نعيش معًا منذ اثنين وخمسين عامًا، خيط طويل من زمن ملتفٍّ. «فاندا» امرأة في السادسة والسبعين تبدو عليها الحيوية، وأنا رجل في الرابعة والسبعين يبدو عليَّ الشرود. تُنظم لي حياتي دائمًا من دون أن تُخفي هذا، وأنا أتبع تعليماتها دائمًا بلا اعتراض. وهي نشيطة جدًّا على الرغم من أوجاعها، بينما أنا كسول على الرغم من صحتي الجيدة. وضعتُ بالفعل الحقيبة الحمراء في صندوق السيارة، ولكن زوجتي تقاوم، فهي لا توافق، من الأفضل أن نضع السوداء في الأسفل والحمراء فوقها. أبعدت بأصابعي القميص الملتصق على ظهري، وأخرجت الحقيبة الحمراء، وضعتها فوق الأسفلت وأنا أئن بشكل مبالغ فيه، حتى أستعد لألتقط تلك السوداء. في تلك اللحظة توقفت سيارة.

كان من المستحيل عدم ملاحظتها، نظرًا إلى أنه لم يبدُ الشارع فقط مقفرًا، بل المدينة بأكملها، وإشارات المرور تغير ألوانها بلا فائدة، وكنا نسمع حتى تغريد الطيور بين أغصان الأشجار. مرت السيارة أمامنا، سارت لبضعة أمتار، ثم تسمرت. بعد ثانية أو اثنتين، سمعتُ بوضوح صوت تغيير السرعة. توقفت السيارة بجوارنا بعد عودتها إلى الوراء بسرعة.

صاح الرجل الجالس أمام المقود، وعيناه غائرتان، وأسنانه تالفة:

ـ مستحيل! يمر المرء وإليك ما يجد: أنتَ، أنت بنفسك، هنا
في الشارع، هكذا. عندما أحكي هذا لأبي، لن يصدقني.

كان متحمسًا، ويضحك مسرورًا. تركت الحقيبة السوداء،
وحاولت أن أعثر في ذاكرتي على أي من ملامحه ـ الأنف،
الفم، الجبهة ـ يمكن أن يساعدني على فهم من يكون، ولكنني
لم أنجح. كان وجهه متلونًا، وازدادت ألوانه من الانفعال،
فلم يستطع أن يهدأ، وكان يتكلم من دون أن يلتقط أنفاسه،
وألقى عليَّ كمية من الكلمات عن أبيه وكيف يتذكرني
بالتقدير والمحبة، وعن عديد من المصاعب التي ساعدتُه
على مواجهتها عندما كان صبيًّا، وكيف أن الأمور، أخيرًا،
بدأت تسير على ما يرام، بل وتبشر بأنها ستسير بشكل أفضل
باستمرار. كان يكرر باستمرار: «يا للسعادة!». وعلى الرغم
من أنني لم أفهم إذا كنت قد صنعت خيرًا له، أم لأبيه، أم لهما
معًا، اقتنعت على الفور أنه أحد طلابي السابقين، ربما في
الفترة الوجيزة من شبابي التي درَّست فيها في مدرسة ثانوية
في نابولي، أو ربما في المرحلة الأطول التي عملت فيها
في جامعة روما. كان يحدث كثيرًا أن أتقابل مع مجهولين
متحمسين، وأتعرف أحيانًا في وجوههم الشابة ـ التي غالبًا
ما تكون مميزة ـ إلى أحد تلاميذي السابقين، ولكنني في معظم
الأحيان كنت أتظاهر فقط بالتعرف إليهم. فاستنتجت: أجل، إن
الأمر يتعلق، على أغلب الأحوال، بأحد تلاميذي. ولم أرغب

في أن أتسبب في ألم الرجل وأُشعره بأنني لم أتعرف إليه. رسمت تعبيرًا مُرحبًا، وقلت له في النهاية:

ـ وكيف حال أبيك؟

ـ بخير. لديه بعض المشكلات في القلب ولكن لا شيء خطير.

ـ أرسل له سلامي.

ـ بالتأكيد.

ـ وأنت، كل شيء على ما يرام؟

ـ في أحسن حال. تتذكر، أليس كذلك، أنني كنت أريد الذهاب إلى ألمانيا؟ ذهبت إلى هناك، وأخيرًا بدأ الحظ يبتسم لي. ما الفرص في إيطاليا؟ صفر. ولكن في ألمانيا، أنشأتُ مصنعًا صغيرًا، أشتغل في الجلد، أصنع الحقائب والسترات، منتجات على أعلى مستوى، ولها سوق جيدة.

ـ أنا سعيد لأجلك. هل تزوجت؟

ـ ليس بعد، سأتزوج في الخريف.

ـ مبارك، ومرة أخرى سلِّم لي كثيرًا جدًّا على أبيك.

ـ أشكرك، حضرتك لا تعرف كم سيسعده هذا.

انتظرت أن يرحل من جديد، ولكنه لم يفعل. مكثنا بضع ثوانٍ وابتسامتانا مطبوعتان على وجهينا، من دون أن نقول أي شيء. ثم هز هو رأسه بحيوية:

ـ لا، لا، من يدري متى ستحدث فرصة أخرى. أريد أن أترك لك على الأقل هدية، لحضرتك وللسيدة زوجتك.

ـ مرة أخرى، الآن لا بد أن نذهب.

ـ سأعود على الفور، لحظة واحدة.

خرج الرجل من سيارته، وكان سريعًا، حاسمًا، وفتح الصندوق. صاح وهو يوجه حديثه إلى «فاندا»:

ـ إليكِ.

ومد يده لها بحقيبة لامعة، وقبلَتها هي تقريبًا بضيق، كأنها تخشى أن تتسخ. أما لي فقد اختار الشخص المجهول سترة من الجلد الأسود، ووضعها فوق كتفيَّ وهو يتمتم:

ـ رائعة.

ولكنني تمنعت:

ـ هذا كثير ولا يمكنني قبوله.

لم يتراجع، عاد ليتوجه إلى «فاندا»، وحاول أن يعطيها أيضًا سترة ذات مشابك براقة. قال لها وهو مسرور:

ـ هذه مقاس حضرتك بالضبط.

عندئذٍ حاولت أن أوقفه:

ـ إنك مهذب جدًّا، أشكرك مرة أخرى، ولكن كفى هدايا، الوقت تأخر، وسيبدأ ازدحام المرور.

فتغير هو، وتجمد وجهه المطاطي:

ـ معذرة، لا شكر على واجب، عندما يستطيع المرء عمل

شيء يفعله. سأطلب من حضرتك فقط خدمة صغيرة، بعض النقود للبنزين، لا بد أن أصل إلى ألمانيا، ولكن ليس الأمر إجباريًا، إذا بدا لك ذلك زائدًا عن الحد، لا بأس، فهي هدايا، وستظل كذلك.

ارتبكتُ: الأب، والعرفان، والمصنع الصغير الألماني، والأعمال المزدهرة، والآن يريد مني بعض اليوروهات للبنزين؟ وضعت يدي آليًا في محفظتي، بحثت عن خمسة يوروهات، عشرة، واكتشفت أنه ليست لديَّ سوى ورقة واحدة بمائة يورو.

تمتمت:

ـ آسف.

ولكن في أثناء ذلك كانت جبهتي تنبض بالفعل، وكنت على وشك أن أقول له: «بل لا أشعر بأي أسف في الواقع، خذ أشياءك وارحل من هنا». كانت مجرد لحظة. وبحركة دقيقة، سريعة وخفيفة في الوقت نفسه، هبط الرجل بالإبهام والسبابة كالكماشة على محفظتي، أغلق إصبعيه على المائة يورو، وانتزعها مني بعينين مهذبتين ممتلئتين بالعرفان، وفي لحظة بعدها كان بالفعل أمام المقود، ورحل وهو يصيح:

ـ أشكرك، كم سيكون أبي سعيدًا!

إذا كانت اللعبة الخادعة لفتاة الملف اللولبي قد سببت لي فقط بعض المرارة، فهذا الحدث آلمني بالفعل. ولم تكد السيارة تختفي في نهاية الشارع حتى صاحت زوجتي مذهولة:

ـ هل أعطيته مائة يورو؟

ـ لم أعطِهِ شيئًا، لقد أخذها.

ـ إن هذه الأشياء لا تساوي شيئًا. اشتَمَّ رائحتها، إنها ليست من الجلد، رائحتها تشبه رائحة السمك.

ـ ألقي بكل شيء في القمامة.

ـ لا، لن أفعل، ربما سأعطيها للصليب الأحمر.

ـ حسنٌ.

ـ لا، ليس حسنًا. لقد تربينا في نابولي، بحق السماء، وأنت تدع أحدًا يخدعك بهذه الطريقة؟

(٣)

قدت السيارة لساعات، حتى البحر، وأنا أشعر بالغثيان من الرائحة السيئة للسترتين والحقيبة. لم تستطع «فاندا» أن تتجاوز ما حدث. أخذت تردد:

ـ مائة يورو، مائتا ألف ليرة، غير معقول!

ولكن بعد ذلك خفتَ استياؤها، وتنهدَت باستسلام، وقالت:

ـ حسنًا، صبرًا، لن نفكر في الأمر بعد الآن.

أشرت لها على الفور بالإيجاب، واجتهدت أن أقول شيئًا أيضًا لأختم الأمر، ولكنني لم أجد أي شيء مقنع. وفي هذا

٤٤

الوقت بدأت أشعر بأن أي صدمة بسيطة يمكنها أن تحطمني. وأظن أن السبب كمن في العلاقة التي أوجدتها، تقريبًا على الفور، بين عاملة التسليم القمحية، والنصاب ذي الأسنان التالفة. بالنسبة إليهما ـ هكذا فكرت ـ كفت نظرة واحدة ليقول كلٌّ لنفسه: «ها هو ذا، مع هذا نحن في أمان». وكانا على حق، لقد تركت نفسي فريسة سهلة للخداع. من الواضح أن جهاز إنذاري قد تلف حتى توقف عن العمل. أو، من يدري، ربما تسبَّبَت السنوات في شحوب ملامح ذلك الرجل، الذي لا يمكن التلاعب به بسبب مجرد نظرة أو حركة من فمه. أو، ربما ببساطة، صرت بليدًا، وقد فقدت المرونة اليقظة التي سمحت لي، في حياتي، بأن أخرج من بؤس أصولي، وأربي الطفلَين، وأضع نفسي في أوساط صعبة، وأحصل على بعض من رغد العيش، متأقلمًا على حد سواء مع تحسن الظروف أو سوئها. لم أكن أعلم بالتحديد كيف تغيرت وإلى أي مدى، ولكن الآن يبدو لي أن هذا قد حدث بالتأكيد.

كنا قد وصلنا تقريبًا إلى وجهتنا عندما أثبتت لي تجربة صغيرة أن هناك خطرًا حقيقيًّا بفقد السيطرة على النظام الدقيق بأكمله، للأوزان والأوزان المقابلة، الذي، لمدة خمسة عقود، حافظت به على اتزان حياتي. بينما أقود سيارتي، بلا رغبة، في مرور الإجازات الخطير، اجتهدت لأتذكر إذا كنت قد خُدعت في الماضي، ولم يخطر ببالي أي شيء. ولكنني تذكرت شيئًا

حدث منذ فترة طويلة تصرفت فيه كما ينبغي. قطعتُ صمتًا طويلًا، واستئنافًا لأفكاري انتقلتُ، بلا مقدمات، لأقص على «فاندا» شبه النائمة، والمستندة بجبهتها إلى النافذة، المرة ـ لا بد أنها كانت في الربيع ـ التي أتت فيها معي إلى مبنى الإذاعة والتلفزيون. قلت:

ـ الآن لم أعد أتذكر بالتحديد في أي عام، ولا حتى لماذا، بل لا أتذكر حتى إذا كان مبنى الإذاعة والتلفزيون، ربما لم أكن أعمل هناك وقتها، من يدري أين كنا ذاهبين.

ولكن الأمر المؤكد أنه في نهاية الرحلة في سيارة الأجرة، دفعت للسائق خمسين ألف ليرة، وأكد هو لي أنني أعطيته عشرة، وتولد عن ذلك شجار. وكان الرجل فظًّا، حتى معها، وكانت قد رأت الخمسين ألفًا ورغبت في مساندتي. ولكنني كنت مقدامًا، كما كنت أعلم كيف أكون. طلبت من السائق اسمه ولقبه، وكل اللازم، وعندئذٍ أخبرته أنه يمكنه الاحتفاظ بالخمسين ألفًا، ولكنني سأذهب إلى الشرطة على الفور. في البداية أدلى الرجل لي بكل البيانات بعنف، ثم أخذ يتمتم بعبارات من نوع: «لم يكن عليَّ الخروج اليوم، لماذا فعلت هذا، وأنا مصاب بالإنفلونزا؟». وفي النهاية أعطاني المبلغ الباقي الصحيح.

سألتها فخورًا بنفسي:

ـ هل تتذكرين؟

رفعَت زوجتي رأسها، ونظرَت إليَّ حائرة. قالت ببرود:

ـ لقد خلطتَ الأمور.

ـ هذا ما حدث تمامًا.

ـ لم أكن أنا معكَ في التاكسي.

وعلى الفور شعرتُ بالحرارة التي انطلقت من صدري لتحرق جبهتي، فطردتها إلى الخلف.

ـ بالتأكيد كنتِ معي.

ـ كفى.

ـ أنتِ فقط لا تتذكرين.

ـ قلتُ كفى !

تمتمتُ:

ـ ربما كنت بمفردي.

وتوقفتُ فجأة عن التحدث، كما كنت قد بدأت فجأة.

قضينا القليل المتبقي لنا من الرحلة في صمت كئيب. عاد لنا بعض من المزاج الجيد فقط عندما وصلنا إلى الفندق، وسلمونا الغرفة التي تطل على الشاطئ، وعلى البحر. في المساء بدا لنا العشاء رائعًا، وبمجرد أن دخلنا الغرفة وجدنا أن تكييف الهواء خافت الصوت جدًّا، وأن المرتبة والوسادات مناسبة لحماية العمود الفقري المتألم لـ«فاندا». تناولنا أدويتنا وغصنا في نوم عميق.

وبالتدريج بدأت أشعر بالسرور. كان الجو جميلًا الأيام السبعة كلها، والمياه تتلألأ، وسبحنا ومشينا كثيرًا. لم تكن

مساحات المنازل والمنطقة الريفية كثيفة، فكان البحر، في ساعات معينة، يرتدي اللونين الأخضر والأزرق وكانا يلمعان تحت الشمس القوية، وساعات الغروب تكتسي بالحمرة. وعلى الرغم من أنه في البوفيه المفتوح ـ سواء في ساعة الغداء أو العشاء ـ كانت تدور بين نزلاء الفندق مسابقة بلا قواعد لمن يتناول طعامًا أكثر، و«فاندا» تلومني لأنني لا أملأ صحني إلا بقليل من الطعام، والصالة تطن بصخب أصوات البالغين والأطفال، وبعد الساعة الحادية عشرة النُّدُل يروعوننا، ويحذروننا بألَّا نذهب إلى الشاطئ حيث الخطر، إلى حد أن نقضي وقت النوم خلف عدد كبير من البوابات الحديدية، سواء من جانب البحر أو من جانب الطريق، فإننا قضينا إجازة ممتعة.

ـ يا له من هواء منعش!

ـ لم يرَ المرء مياهًا كهذه منذ أعوام.

ـ احترسي من قناديل البحر.

ـ هل رأيتَ قناديل بحر؟

ـ لا، لا أظن.

ـ إذن، لماذا تخيفني؟

ـ كنت أقول فقط.

ـ أو لتفسد عليَّ السباحة.

ـ لا، بالتأكيد.

استطعنا أيضًا، بفضل إصرار «فاندا»، الحصول على شمسية بحر في الصف الأول. وفي الظل، وبينما نحن مستلقيان فوق أسرَّة صغيرة تواجه البحر المخدِّر، قرأت زوجتي كتب تكهنات علمية وهي تخبرني، من حين إلى آخر، عن عالم ما وراء الذرات أو عن الفضاء العميق، وأنا قرأت الروايات والأبيات الشعرية، وأحيانًا كنت أهمس بها إليها، ليس لأقرأها لها هي بل لأمنح نفسي متعة إضافية. وبعد العشاء، في الشرفة، كثيرًا ما رأينا معًا، في اللحظة نفسها، أثر نجمة ساقطة، وكان هذا يفرحنا. أُعجِبنا بسماء الليل، وبروائح الهواء، وفي منتصف الأسبوع، بدا لنا، ليس ذلك الشاطئ ولا ذلك البحر، ولكن الكوكب كله، كمعجزة. وفي الأيام الباقية شعرتُ بأنني في أحسن حال بالفعل. استمتعتُ بحظ أن أكون، منذ أربعة وسبعين عامًا، حالة سعيدة من التحول للعناصر البعيدة التي تغلي في أجرام الكون، شظية من مادة حية ومُفكِّرة، والأهم أنها بلا معاناة جسدية تُذكر، وليس بها سوى خبرات نادرة، حدثت بالمصادفة، في سوء الحظ. كان السبب الوحيد للضيق هو الناموس الذي يقرصنا في الليل، أنا بالذات، تاركًا «فاندا» في سلام، إلى حد أنها أكدت عدم وجوده على الإطلاق. بخلاف ذلك، كم هو جميل أن يكون المرء على قيد الحياة، وكم كان جميلًا أن نحيا. أنا نفسي فوجئت بتفاؤلي هذا، وهو شعور لم أختبره من قبل.

لكن في اللحظة التي حان فيها وقت الرحيل ـ في السادسة صباحًا لنتجنب ازدحام المرور ـ ساءت الأمور. امتلأت السماء بالغيوم وقضينا رحلة العودة كلها تحت أمطار قطراتها ضخمة وثقيلة، عبر الطرق السريعة التي أصبحت أكثر خطورة مما كانت عليه في الذهاب، وبين الرعود والبروق المرعبة. قدتُ السيارة الطريق كله كما فعلت عند الذهاب ـ قيادة «فاندا» غاية في السوء ـ حتى بدا لي أكثر من مرة أنني لم أعد أعرف كيف أحافظ على السيارة في حارات الطريق، وخصوصًا في المنعطفات، وأنني سأجد نفسي أسفل عجلات شاحنة أو وقد اصطدمت بحاجز الحماية.

ـ هل من حاجة إلى أن تُسرع هكذا؟

ـ لا أُسرع.

ـ لنتوقف، ولننتظر حتى تهدأ الأمطار.

ـ لن تهدأ.

ـ آه يا عذراء، يا له من برق!

ـ الآن ستسمعين الرعد.

ـ هل تظن أنها تمطر بهذه الطريقة في روما أيضًا؟

ـ لا أعرف.

ـ «لابِس» يخاف من الرعد.

ـ سيكون بخير.

أخذت زوجتي ـ التي، في البحر، لم تذكر القط إلا عندما

هاتفَت «ساندرو» أو «آنّا» لتعرف إذا كان كل شيء يسير على ما يرام ـ تتحدث عنه طوال الرحلة بقلق. يمثِّل «لابِس» بالنسبة إليها هدوء المنزل، حيث تتطلع أن تصل، على الرغم من تعذيبها لي بسبب قيادتي المتهورة. تصاعد القلق عندما اكتشفنا أن الأمطار تتساقط أيضًا على روما بعنف، وتجري متسخة على حواف الطرقات، مكوِّنة آبارًا قاتمة أمام مجاري المياه. أوقفنا السيارة في شارعنا في الساعة الثانية من الظهيرة، كان الجو حارًّا خانقًا على الرغم من الأمطار. أنزلت الحقائب. أرادت «فاندا» أن تمسك لي بالمظلة، ولكن نظرًا إلى أن كلينا سيبتلُّ بهذه الطريقة، قلت لها أن تذهب. بعد قليل من المقاومة أطاعت، وحملتُ أنا الحقائب والأمتعة، ووصلتُ مبتلًّا تمامًا إلى المصعد. نادت عليَّ زوجتي، التي كانت قد صعدت بالفعل، من بسطة الدَّرَج:

ـ اترك الحقائب وتعالَ فورًا.

ـ ماذا حدث؟

ـ لا أستطيع أن أفتح الباب.

(٤)

لم أعرها كثيرًا من الانتباه. فكرت: إذا انتظرت «فاندا» بضع دقائق، لن ينهار العالم. ونظمتُ الحقائب في المصعد، بينما

٥١

كنت أجيب على حثها المتزايد في الضغط بكلمات مهدئة مثل: «هأنذا»، «سأصل حالًا». فقط عندما وضعتُ الحقائب والأمتعة على بسطة طابقنا، أدركت أنها كانت بالفعل مفزوعة. فتحت بالمفاتيح ولكن شيئًا كان خطأ. قالت وهي تشير إلى الباب نصف المغلق:

ـ انظر.

دفعتُه، ولكن لم يغير هذا كثيرًا، شيء ما يُعرقل الباب. عندئذٍ، ومع بعض الالتواءات المؤلمة لرقبتي، تسللت برأسي في المساحة القليلة المفتوحة.

سألتني «فاندا» بتوتر، وهي تمسكني من قميصي كأنها تخشى أن تراني أهوي، لا أدري أين:

ـ حسنٌ؟

ـ يوجد كثير من الفوضى.

ـ أين؟

ـ في الداخل.

ـ ومن فعل هذا؟

ـ لا أعلم.

ـ سأهاتف «ساندرو».

ذكَّرتها أن ابننا وابنتنا الآن ذهبا في إجازة، وأن «ساندرو» بالتأكيد رحل ذلك الصباح إلى فرنسا، مع ابنَي «كورين»، و«آنَّا» من يدري أين هي.

قالت زوجتي، التي تثق بابننا أكثر مما تثق بي:

ـ سأتصل في كل الأحوال.

وأخذت تبحث عن هاتفها المحمول في حقيبتها. ولكن فجأة تخلت عن الفكرة، خطر ببالها «لابِس»، فنادت عليه بأعلى صوت، آمرة. انتظرنا، لا ضجيج ولا مواء. عندئذٍ دفعنا الباب معًا، وبفضل إصرارنا، وبعد احتكاك ما مع الأرضية، ازدادت الفتحة، ودخلت المنزل.

كان يصعب التعرف إلى المدخل، النظيف في العادة، وكأن كل شيء قد جرفته موجة قوية، الأريكة ومائدة حجرة المعيشة كانتا الواحدة فوق الأخرى. وعلى الأرض، ارتكز مكتب «آنّا» القديم على أحد جانبيه. خرجت الأدراج ـ أو أخرجها أحدهم ـ وكانت على الأرض، واحد منها في وضع قائم، والأخرى مقلوبة بين الدفاتر القديمة والأقلام الجافة والأقلام الرصاص، والبراجل والمساطر، والعرائس التي كانت تنتمي إلى ابنتنا في الطفولة والمراهقة.

خطوتُ بضع خطوات بحذر، ولكنني لاحظتُ على الفور جرشًا أسفل كعبي، شذرات ما تبقى من تحف مختلفة. نادتني زوجتي:

ـ «آلدو»، «آلدو»، ماذا يحدث؟ هل أنت بخير؟

فحصتُ الباب. كان ما تسبب في إعاقته قطعة من الحطام الكثير المبعثر على الأرضية. حررته، وفتحته. دخلت «فاندا»

إلى المنزل بخطوة حذرة، كمن يخاف أن يتعرقل أو يسقط. أصيبت بالشحوب الشديد، وتبدل اللون الأسمر إلى قناع طيني أخضر اللون. ونظرًا إلى أنها بدت على وشك أن تفقد الوعي، أمسكتها من إحدى ذراعيها، ولكنها أبعدت نفسها، ولم تقل أي شيء، واتجهت بسرعة إلى غرفة المعيشة، وتجاه الغرف التي كان يشغلها ابننا وابنتنا في وقت ما، والمطبخ، وغرفة النوم.

تأخرتُ أنا. عادةً، أمام مواقف صعب التعامل معها، أبطئ وأحاول أن أتجنب التصرفات الخاطئة. ولكنها هي، بعد لحظة من الضياع، تلقي بنفسها بشدة في الفزع وتحاربه بكل قواها. هذا ما فعلَته دائمًا، منذ أن عرفتها، وهذا ما فعلَته أيضًا هذه المرة. وبينما أسمع وقع خطواتها في الردهة متجهة إلى الغرف، لاحظت من جديد، وبقوة أكبر، أنني هش ويمكن أن أتحطم. نظرت حولي، اقتربت برأسي من مكتبي وأنا حريص على ألّا أطأ بقدمي المطبوعات التي كانت، حتى الأسبوع الماضي، تزين الجدران، والتي باتت تقبع على الأرض بين الزجاج المحطم، والأُطر المكسورة، والأرفف المنتزَعة، والكتب المبعثرة، وشظايا أسطوانات الفينيل. كنت ما زلت هناك أرفع من الأرض منظرًا طبيعيًّا لكابري، عندما عادت «فاندا».

قالت مرتبكة:

ـ ماذا تفعل؟ لا تقف متسمرًا هنا، تعال لترى، إنها كارثة.

ولكنها سبقت بالكلمات وقدَّمت لي مشهدًا من الدمار: خزانات فُرِّغت، شماعات وملابس مبعثرة في كل مكان، فراشنا في الهواء، هجوم وحشي على كل مرايا المنزل، ثم الستائر كلها مرفوعة، والنوافذ والشرفات مفتوحة، من يدري كم الحيوانات التي دخلت، من سحالٍ وصراصير وربما فئران. وانفجرت في البكاء.

جذبتُها لنعود مرة أخرى إلى المدخل. نقلتُ المكتب إلى إحدى الزوايا، وأنزلت المائدة من فوق الأريكة على الأرض، وأعدت مرة أخرى الأريكة على أقدامها، وأجلستها عليها. قلت لها بنبرة متضايقة رغمًا عني:

ـ امكثي هنا.

وذهبت من حجرة إلى أخرى بذهول متزايد. لم يبقَ مكان لم يُقلب رأسًا على عقب، وسنتحمل أيامًا عديدة، ومجهودًا كبيرًا، ونقودًا كثيرة، لاستعادة أدنى حد للإقامة في الشقة. ألقيَ قارئ الأقراص المدمجة على الأرض، مع أقراص لامعة، ووثائق قديمة كانت مرتبة في ملفات، وأصداف كثيرة دمرتها الكعوب والأحذية في شظايا صغيرة، أصداف كانت «آنَّا» تجمعها في صغرها واحتفظنا بها في صناديق من الكرتون. في كل مكان، في حجرة المعيشة، في مكتبي، أو حجرتَي الابن والبنت، عثرت على قطع أثاث قديمة كنا مرتبطين بها، وقد

تحطمت. وماذا عن الحمام؟ حظيرة خنازير: الأدوية وكرات القطن والورق الصحي، معجون الأسنان خارج الأنبوبة، قطع من زجاج المرآة، صابون سائل في كل مكان. شعرت بثقل الألم، ولكن ليس ألمي، بل ألم «فاندا». كانت هي التي تعتني بالمنزل كأنه كائن حي، تحافظ عليه نظيفًا ومُنظمًا، وتجبرُني، أنا والابن والابنة، على احترام قواعد وحشية، إلا إنها ضرورية لنجد دائمًا كل شيء في مكانه. عدت إليها، كانت جالسة في الظلال في المدخل.

ـ من فعل هذا؟

ـ اللصوص يا «فاندا».

ـ ليسرقوا ماذا؟ لا يوجد شيء قيم.

ـ تمامًا.

ـ ماذا تقصد؟

ـ لم يجدوا أي شيء وحطموا لنا المنزل.

ـ من أين دخلوا؟ كان الباب مغلقًا بالمفتاح.

ـ من الشرفات، من النوافذ.

ـ كانت هناك خمسون يورو في درج المطبخ، هل أخذوها؟

ـ لا أعلم.

ـ وعقد أمي المصنوع من اللآلئ؟

ـ لا أعلم.

ـ أين «لابِس»؟

القط، أجل، أين هو؟ قفزت «فاندا» لتقف، ونادته تقريبًا بغضب. وفعلت أنا أيضًا الشيء نفسه، بطريقة أضعف. ذهبنا من غرفة إلى أخرى، تطلعنا من النوافذ ومن الشرفات ونحن نصيح باسمه.

تمتمت زوجتي:

ـ ربما سقط.

كنا في الطابق الثالث، وفي أسفل توجد حجارة الممر الخشنة. طمأنتها:

ـ لا، لا بد أنه مختبئ، لا بد أنه خاف. خاف من الغرباء الذين دخلوا إلى المنزل. خوف ورفض، مثلما هي حالنا الآن، لمجرد فكرة أن هناك غرباء قد لمسوا أشياءنا.

وفجأة افترضت زوجتي:

ـ ماذا لو قتلوه؟

ولم تنتظر مني الإجابة، رأيت ذلك في عينيها: أجل، لقد قتلوه. توقفَت عن مناداته، عادت لتبحث في المنزل بجنون. أخذت تحرك الأشياء، وتتسلل بين الأثاث المقلوب، وتفحص ذلك الباقي في مكانه. حاولتُ أن أسبقها. يمكن أن يكون اللصوص قد صنعوا مع «لابِس» ما فعلوه بغضب عارم مع الأشياء. فضَّلتُ أن أعثر أنا أولًا على جثته وربما أخبئها أيضًا. ذهبتُ أبحث في الخزانة الصغيرة حيث نحتفظ بملابس الشتاء، ولعدة ثوانٍ كنت

واثقًا بأنني سأرى الحيوان ممزقًا أو معلقًا بين المعاطف، مثلما يحصل في أفلام الرعب، إلا أنني وجدت نفسي أمام الفوضى نفسها: العارضة المعدنية منزوعة من مكانها، والملابس على الأرض، ولا أثر لـ«لابِس».

ظهرت «فاندا» مرتاحة. لم يمكنها فقط العودة إلى التفكير بأن القط ما زال على قيد الحياة، ولكن في أثناء بحثها اكتشفت أيضًا، مندهشة، أن عقد اللآلئ الخاص بأمها ـ قطعة المصوغات الوحيدة التي سمحت بها لنفسها ـ موجود كما هو في صندوقه الصغير حيث تركته. ووجدَت أيضًا أسفل الحوض الخمسين يورو التي تركتها في إحدى خزائن المطبخ، تحت صف المنظفات. وفجأة بدا لها أن اللصوص أغبياء، فقد فتشوا في كل مكان، وحطموا كل شيء بحثًا، من يدري، عن أي كنوز، ولكنهم لم يجدوا تلك الأشياء القليلة التي يمكنهم سرقتها: عقد اللآلئ، والخمسين يورو.

واسيتها:

ـ حسنًا. يكفي تعب عند هذا الحد.

ولكنني عدت أطل مرة أخرى من شرفة مكتبي ومن شرفة غرفة المعيشة، في محاولة لأن أفهم كيف تمكنوا من الصعود إلى الطابق الثالث، وكيف فعلوا ذلك دون أن يراهم أحد! وبحثت عن أي أثر لـ«لابِس» في الفناء. ما تلك البقعة القاتمة على سطح الطابق الأول؟ هل هو دم قاوم الأمطار الساخنة؟

اقتنعت أن اللصوص ـ اثنين كانا أم ثلاثة؟ ـ صعدوا عن طريق المزراب، حتى الإفريز، ثم عبورًا من هناك وصلوا إلى شرفتنا. رُفعت المصاريع يدويًّا، ولا بد أنهم نزعوا المفصلات عن باب النافذة، القديمة بالفعل، من دون الحاجة إلى تحطيم الزجاج، ودخلوا. كان لا بد من وضع العوارض. هذا ما قلته لنفسي بندم، وأنا أجول ببصري بين النوافذ والشرفات في الجوار. ولكن لماذا يجب الحرص إذا لم يكن هناك شيء نحرص عليه؟ عدت إلى الداخل. في تلك اللحظة كان ما يوترني، أكثر من المنزل المحطم، ذلك الصمت للمبنى الخالي. لم تكن لديَّ ولا لزوجتي فرصة لأن ننفس عما في صدرينا، أن نطلع أحدهم على الخسائر والخراب الذي تعرضنا له، أن نستقبل الدعم والنصائح، وأن نشعر حولنا ببعض التعاطف. فما زال معظم جيراننا في الإجازة، ولا يُسمع في الجوار أي خطوات أو أصوات، ولا أبواب تُغلق، ومحت الأمطار الرمادية أثر كل شيء. لا بد أن «فاندا» قد قرأت أفكاري. قالت:

ـ أدخل الحقائب، وسأذهب لأرى إذا كان «ناضار» موجودًا.

ولم تنتظر موافقتي، فمن الواضح أنها لم تعد تحتمل أن تمكث في المنزل بمفردها معي. سمعتُها وهي تنزل الدرج، توقفَت في الطابق الأول، طرقت باب جارنا، صديق منذ سنوات عديدة، الوحيد في البناية الذي، عادةً، لا يذهب مطلقًا في عطلة.

جذبتُ الحقائب إلى الداخل. في فوضى المنزل، بدت لي التكتل الأكثر تنظيمًا، شيئنا الوحيد غير الملوث، وإن كانت لا تحتوي إلا على ملابسنا المتسخة. سمعت بوضوح صوت زوجتي، وصوت الجار. كانت تتحدث بنبرة منفعلة، و«ناضار» يقاطعها من حين إلى آخر بنبرة صوته المميزة. كان قاضيًا على المعاش، وسنه واحد وتسعون عامًا، رجل في غاية الذوق، ومتوقد الذهن جدًّا على الرغم من عمره. عدت إلى البسطة، ونظرت من بئر الدرج. كان «ناضار» ممسكًا بعصاه، ورأيت على جانبَي جمجمته الخصلات البيضاء القليلة. نطق بكلمات مواساة، مستخدمًا تراكيب مستفيضة والصوت المرتفع للصم. حاول أن يكون مفيدًا، كان قد سمع بعض الضوضاء، ولكن ليس في قلب الليل، بل في المساء. فكر وقتها في الرعود، فقد كانت تُمطر في روما منذ اليوم السابق بلا توقف. في المقابل كان متأكدًا من أنه سمع بوضوح مواء، استمر طوال الليل.

وقَّفته زوجتي على الفور:

ـ أين؟

ـ في الفناء.

رفعت «فاندا» رأسها، ورأتني في قمة السلالم. صرخَت:

ـ تعالَ، سمع «ناضار» صوت مواء في الفناء.

لحقت بها من دون رغبة، لو كان الأمر بيدي لأغلقت المنزل

وعدت إلى البحر. أراد «ناضار» أن يأتي معنا ليبحث عن «لابِس»، على الرغم من إصراري على أن يمكث بالداخل، فقد كانت الأمطار مستمرة. أخذنا ندور في الفناء ونحن الثلاثة ننادي على القط. لم أستطع أن أركز، كنت أفكر: لحسن الحظ أن المياه قد غطت كل أثر للدماء. وكنت أفكر: لن نعثر عليه، سيكون قد اختبأ جيدًا ليموت في سلام. وفي ذلك الوقت كنت أنظر إلى جارنا، رفيع ومنحنٍ، وبشرة وجهه المشدودة جدًّا من الجبهة حتى الخدين مكتسية باللون الوردي. هل مستقبلي هو ذلك الرجل، بفرض أنني سيكون لي مستقبل طويل هكذا؟ عشرون عامًا أخرى. عشرون: أنا و«فاندا»، «فاندا» وأنا، أحيانًا «ساندرو» مع الأولاد، وأحيانًا أخرى «آنّا». لا بد أن نعيد تنظيم البيت، وأن نمنحه شكلًا مرة أخرى، وألَّا نضيع الوقت بهذه الطريقة.

ضرب «ناضار» جبهته، فلقد تذكر شيئًا مهمًّا. قال لي:

ـ لقد طرقوا مرات عديدة على شقتكم، في تلك الأيام.

ـ من؟

ـ لا أدري، ولكنني سمعت هاتف الاتصال الداخلي.

ـ في منزلنا؟

ـ أجل.

قلت ساخرًا:

ـ سمعتَ هاتف الاتصال الداخلي الذي يدق عندنا، ولكن لم تسمع اللصوص الذين حطموا المنزل؟

ـ إنه الصمم.

وبرر نفسه بأنه كان معتادًا على منح أقصى درجات الانتباه للأصوات المنخفضة، وأن ينتبه قليلًا أو لا ينتبه على الإطلاق لتلك القوية.

ـ كم من المرات طرقوا؟

ـ خمسًا أو ستًّا. وفي أحد أيام الظهيرة نظرت.

ـ ومن كان؟

ـ فتاة.

نظرًا إلى أن «ناضار» قد يعرِّف زوجتي أيضًا بالفتاة، فقد طلبت منه أن يصفها، ولكنه كان غامضًا.

ـ صغيرة، قمحية، عمرها لا يتجاوز الثلاثين. قالت إنها تريد أن تضع إعلانات في صناديق البريد، ولكنني لم أفتح لها.

ـ هل أنتَ متأكد من أنها دقت علينا؟

ـ متأكد جدًّا.

ـ وماذا أيضًا؟

ـ ثم مساء أمس.

ـ هي مرة أخرى؟

ـ لا أعرف، كانا اثنين.

ـ فتاتين؟

ـ لا، رجلًا وامرأة.

أشارت إليَّ «فاندا»، كانت بجوار النافورة. وفي وجهها المنهك، شديد الشحوب، برزت عيناها الخضراوان. قالت:

ـ هنا يوجد عصفور ميت.

أنا فقط فهمت ماذا تقصد، فـ«لابِس» صياد رائع لأي شيء طائر. تركتُ «ناضار» ولحقت بها. كان شعرها الأبيض ملتصقًا على رأسها من الأمطار. قلت لها:

ـ هذا لا يعني شيئًا، عودي إلى المنزل، وأنا سأذهب إلى الشرطة.

ولكنها هزت رأسها بقوة، فهي تفضل أن تصحبني. أصر جارنا ـ الذي لم يزل ينسب إلى نفسه سلطة القاضي، وإن مرت أعوام طويلة منذ أن أحيل إلى المعاش ـ على أنه هو أيضًا سيكون مفيدًا، ولحق بنا.

(٦)

ذهبنا بمظلاتنا التي تقطر ماءً إلى أقرب قسم شرطة، واستقبلنا فتى بالزي الرسمي، مهذب جدًّا، في مكتب صغير. قدم «ناضار» نفسه على الفور، اسمه ولقبه ـ «ناضار ماروسي» ـ وأهم شيء وظيفته: رئيس محكمة الاستئناف. قال باختصار ما حدث لنا وفعل ذلك بدقة بارزة، ولكنه بعد ذلك انطلق يحكي عن نفسه

وعن عمله في خلال الفترات المعقدة المتعددة للقرن العشرين. أخذ المعاون الشاب يستمع إليه كأنه نزل إلى العالم السفلي ليستمع إلى ثرثرة الأموات.

حاولتُ أكثر من مرة أن أحشر نفسي في قصص «ناضار»، وأن أقود الحوار إلى الحالة التي عثرنا فيها على الشقة، ولكن عندما نجحتُ في ذلك لم أستطع الصمود، فنزعة البطولة لدى جارنا ضايقتني، وأردت أن أخبر الفتى بأنني أنا أيضًا لم أكن شخصًا عاديًا. وهكذا رددت على المعاون اسمي مرتين أو ثلاث مرات ـ «آلدو مينوري»، «آلدو مينوري»، «آلدو مينوري» ـ لأرى إن كان سيترك لديه أيَّ انطباع. ونظرًا إلى أن الشاب لم يُبدِ أيَّ ردّ فعل، أخذت أحدِّثه عن برنامج تلفزيوني في الثمانينيات كنت قد أعددته أنا كله بمفردي، تقريبًا، وتسبب في شهرة كبيرة لي. ولكن المعاون، الذي كان في ذلك التاريخ إما لم يولد بعد أو كانت سنه أعوامًا قليلة، لم يكن قد سمع عن البرنامج، ولا عني. ابتسم بضيق، وبالسلطة التي لديه في الوقت الحالي، والتي لم تعد لنا، «ناضار» وأنا، قال بصبر:

ـ لنعد إلينا.

شعرتُ بالخجل ـ فعادةً أتصرف كشخص يزن كلماته، ولا أتشتت ـ وأكدت أن اللصوص دمروا شقتنا. ولكن مرة أخرى، تركت نفسي لأنجرف، وبدأت أتحدث باضطراب عن عاملة التسليم التي أرادت خمسة يوروهات أكثر من المطلوب،

والرجل الذي سرقني الأسبوع الماضي، أسفل المنزل بالتحديد. ليس فقط، بل جذبت أنا بنفسي «ناضار» للحديث، ودفعته إلى أن يتكلم عن الفتاة التي دقت جرسنا الداخلي عدة مرات خلال الأسبوع، وعن الرجل والمرأة اللذين ظهرا في الليلة السابقة. سعد بإمكانية استعادة قيادة الحوار، وبدأ يسرد كل دقة جرس على هاتف الاتصال الداخلي، ولجأ في ذلك إلى عدد كبير من التفاصيل غير الضرورية. توقف فقط عندما فُتح الباب خلفنا، وقبل أن نلتفت ثلاثتنا، شخص ما قال شيئًا للمعاون بالإشارة. انفجر الفتى في الضحك، واجتهد ليعود إلى هدوئه، وتمتم سائلًا العذر، وفي النهاية سأل:

ـ وماذا سرقوا منكم؟

كرَّرتُ:

ـ ماذا سرقوا منا؟

والتفتُّ إلى زوجتي. وهي، التي كانت صامتة طوال الوقت، تمتمت:

ـ لا شيء.

سأل المعاون:

ـ ذهب؟

ـ ليس لديَّ سوى هذين القرطين، ولكنني أرتديهما دائمًا في أذنيَّ.

ـ وليست لديكِ مصوغات أخرى؟

ـ عقد من اللآلئ كان لأمي، ولكنهم لم يعثروا عليه.

ـ هل كان مُخبأً جيدًا؟

ـ لا.

تدخلتُ:

ـ إن اللصوص ألقوا بكل شيء في الهواء ولكن بطريقة عشوائية، لم يجدوا حتى الخمسين يورو التي كانت زوجتي قد تركتها في خزانة المطبخ، وسقطت النقود أسفل مسحوق الغسيل المقلوب بحقد.

ارتسمت على وجه الشاب ملامح أسى، ثم التفت، بصفة خاصة، إلى «ناضار»، وقال:

ـ إنهم الغجر، صبية يدخلون من النوافذ والشرفات، يراكمون الأثاث أمام باب المنزل في حالة إذا حضر أصحابه، ثم يبدأون في التفتيش في كل شيء: يبحثون عن مصوغات ذهبية، يا سادتي الأعزاء، وإذا لم يعثروا على شيء ينتقمون بتكسير كل شيء.

أكدتُ:

ـ لم يكن هناك أثاث وراء الباب، كان الباب معرقلًا بالحطام المتنوع.

ثم أضفتُ:

ـ ربما عليكم إرسال شخص ما، ليرى، لا أعلم، ربما تركوا بعض البصمات.

عندئذٍ بدأ المعاون يفقد صبره، وهنا شرح، بنبرة حاسمة وعبارة شاب متعلم جيدًا، أن ما يظهر على شاشة التلفزيون شيء والواقع شيء آخر، وأن أشياء من هذا القبيل كانت تحدث وما زالت، وأننا محظوظون لأننا لم نُذبح في أثناء النوم. قال إن الحكومة تعمل على تقليص أعداد قوى الأمن، وزيادة أعداد أفراد الجيش، وهو الأمر الذي يؤدي، في فترة زيادة البؤس، إلى أضرار في أمن المواطنين، ومن يدري، ربما أيضًا، في الديمقراطية. وشرح لنا أن القيام بدور القاضي في أزمنة فائتة، والتحدث في التلفزيون في زمن ماضٍ يشهد فقط على أنه إذا كان عالم اليوم بهذه الوحشية فإن المسؤولية تقع أيضًا على عاتقنا. ونصحَنا، في نهاية الأمر، بأن نضع عوارض على النوافذ وأن نلجأ إلى نظام إنذار ينقل على الفور أي خرق إلى أقرب سيارة شرطة في الجوار. وأضاف بسخرية واضحة:

ـ وإن لم أرَ فائدته بالنسبة إليكما، نظرًا إلى أنكما ليس لديكما ما يُسرق.

انفعلت زوجتي على مقعدها:

ـ لم نستطع العثور على القط.

ـ آه.

ـ ماذا لو أخذوه؟

ـ بأي هدف؟

ـ لا أعلم، ربما لطلب فدية.

ابتسم لها الشرطي بنوع من التعاطف لم يُظهره تجاهي ولا تجاه «ناضار». قال لها:

ـ كل شيء جائز يا سيدة «مينوري». ولكن الآن من الأفضل طرد تلك الأفكار السيئة، والتركيز على الجوانب الإيجابية: فهذه فرصة جيدة لإعادة ترتيب شقتك، والتخلص من الأشياء الزائدة، والعثور مرة أخرى على أدوات مفيدة نسيتِ أنها كانت في حوزتك. أما بالنسبة إلى القط فربما استغل الفرصة ليذهب بحثًا عن خطيبة.

ابتسمتُ، وابتسم «ناضار» أيضًا.

لم تبتسم «فاندا».

(٧)

عدنا إلى المنزل، كانت الأمطار قد توقفت. تخلصنا بصعوبة من جارنا الذي أراد أن يصعد معنا ليلقي نظرة بنفسه على الكارثة. قالت زوجتي بغضب:

ـ إنه مُسِنٌّ أحمق. أغضب المعاون بتفاخره، وأنت لم تكن أقل منه.

لم أُجبها، كان الاعتراف محبطًا، لكنها كانت على حق. ساعدتها على إعادة تنظيم المطبخ قليلًا، ولكنها سرعان

٦٨

ما أرسلتني بعيدًا، فقد كنت أعقِّد لها عملها. ذهبتُ إلى شرفة مكتبي. تمنيت أن ينتعش الجو بعد كل تلك الأمطار، ولكن كان الصهد ما زال موجودًا، وتساقطت نقاط مزعجة من المياه المتسخة بللت شعري وقميصي.

دعتني «فاندا» لتناول العشاء، ربما ببعض التعالي الزائد. لم نقل الكثير. عند لحظة ما عادت إليها فكرة الاتصال بالأولاد، واعترضتُ لأن حياتهما بالفعل معقدة، ومن الأفضل أن نتركهما وشأنهما في الإجازة. فلا بد أن «ساندرو» قد وصل للتو إلى بيت حميه، في بروفانس، و«آنّا» بالتأكيد في كريت، من يدري مع أي خطيب جديد. قلت في محاولة لحمايتهما:

ـ دعينا لا نتسبب لهما في إزعاج.

ولكنها أرادت على كل حال أن ترسل رسالة قصيرة إلى كليهما، شيئًا من نوع: «كان في منزلنا لصوص، ولا يمكننا العثور على لابِس». ردت «آنّا» على الفور، بطريقتها المقتضبة المعتادة: «آه يا عذراء، يا لكما من مسكينين، يؤسفني هذا، لا تجهدا نفسيكما». بينما «ساندرو»، هو أيضًا كعادته، ظهر بعد ذلك بساعة، برسالة طويلة جدًا. كان في منزلنا الليلة السابقة، حسب الاتفاق، مكث فيه من الساعة التاسعة حتى التاسعة والنصف، وأوصانا أن نخبر الشرطة أنه في ذلك التوقيت كان المنزل على ما يرام، و«لابِس» في صحة ممتازة، واختتم رسالته بكلمات عاطفية، ونصحنا بأن نذهب إلى فندق، على الأقل في الليلة الأولى.

شعرَت «فاندا» بالمواساة من رسالتَي ابنها وابنتها أكثر من وجودي معها، الذي بدا كأنه يزيد من توترها. بعد العشاء كرسنا وقتنا لإعادة تنظيم غرفة النوم، وفجأة خطرت على بالي قصة سائق التاكسي ورد فعل زوجتي، وتملكني الخوف من أنه، وسط فوضى الأشياء تلك، يمكن أن يبرز شيء يخصني يتسبب في حزنها أو يهينها. وبمجرد أن بدا على الفراش أدنى حد من الأمان، أقنعتها بأن تستلقي.

ـ وأنتَ؟

ـ سأهتم بغرفة المعيشة لبعض الوقت.

ـ لا تتسبب في أي ضوضاء.

تسللتُ على الفور للتأكد من أن المكعب الثقيل الذي ابتعته من براغ منذ عشرات الأعوام ما زال موجودًا في مكانه، في قمة أرفف مكتبي. كان الشيء نفسه الذي لفت نظر فتاة الملف اللولبي، شيء لونه أزرق، قاعدته عشرون سنتيمترًا وارتفاعه عشرون. لم يعجب «فاندا» قطُّ، ولكني كنت حريصًا عليه. عندما انتقلنا إلى هذا المنزل، وبعد نقاش طويل، عملت على وضعه في أعلى مكان مع تحف أخرى لم نكن معجبين بها كثيرًا. وظاهريًّا حتى أريح زوجتي، أزحته جيدًا إلى العمق بحيث لا يُرى إلا قليلًا، أو لا يظهر منه شيء من أسفل. في الواقع كنت أريد أن تنساه هي بالتدريج. كانت «فاندا» تجهل أنه يكفي الضغط بقوة على مركز إحدى واجهاته ليُفتح فيه شيء

كالباب، ولم تكن تعرف، بطبيعة الحال، أن تلك الخاصية فيه هي ما دفعتني إلى شرائه، فقد كنت أرغب في أن أخبئ فيه أسراري. وتنفست الصعداء: على الرغم من أنه كان بارزًا بطريقة خطيرة، فما زال في مكانه.

(٨)

أغلقت بحرص الأبواب التي تفصل غرفة المعيشة ومكتبي عن غرفة النوم. ومن الشرفتين المفتوحتين على مصراعيهما أخذت تصل أخيرًا رائحة الأمطار المنعشة ورائحة الريحان. الآن وقد نامت «فاندا» ولم أعد أشعر بأنني مجبر على التصرف لأطمئنها، عاد التوتر بسرعة للسيطرة. منذ فترة قريبة يصبح أي قلق صغير استحواذًا، يدخل إلى رأسي ويتضخم، ولا أستطيع أن أطرده. في تلك اللحظة شعرت بأنه دور الرجل الذي سرق مني المائة يورو، ودور الفتاة التي انتزعت مني خمسة يوروهات، أن يوتراني. وخطر على ذهني فجأة أن الاثنين يمكن أن يكونا متفقين، وأنهما نظما معًا تلك الغزوة على منزلي، أو أنهما بكل بساطة باعا عنواني إلى اللصوص. وبدأت تلك الفرضية تبدو لي أكثر ترسخًا، وسرعان ما اتخذ الزوجان، اللذان ذكر «ناضار» أنهما قد دقا الجرس الداخلي، وجهيهما. تخيلتهما غاضبَين من

٧١

المحصلة الأولى، وفكرت بأنهما ربما قد قررا أن يرسلا آخرين أكثر خبرة، أو أن يأتيا هما بنفسيهما. قلت لنفسي: لن أذهب إلى الفراش، سأنتظرهما يقظًا.

أنا؟ أنتظرهما؟ وكيف سأتمكن من مواجهتهما؟ بأي قوى، وبأي إصرار؟

لقد بدأت الأعوام منذ فترة تثقل عليَّ. لم يكن عليَّ فقط أن أتعلم أنني أخاطر أحيانًا بأن أستبدل درجتين بدرجة واحدة وأسقط، وأن سمعي أصبح أسوأ من سمع «ناضار»، وأنني لا يمكنني أن أعتمد على استعادة حيوية جسدي بسرعة في مواجهة أي طارئ أو خطر. كان هناك شيء آخر. كنت أقنع نفسي بأنني قد أخذت دواء للتو، أو أنني أغلقت الغاز أو صنبور المياه، ولكن في الحقيقة كنت أفكر فقط في عمل ذلك. لا أدري كم من المرات أيضًا اختلط عليَّ جزء من حلم ما، ربما مضى عليه وقت طويل، مع موقف ما حدث بالفعل في الحقيقة. ويحدث كثيرًا بينما أقرأ أن أخلط الكلمات، إلى حد أنني أُصبت بالدهشة أمام ورقة مطبوعة معلقة على باب مدخل وكان يبدو أنها تقول من هنا مدخل إلى الانتحار القانوني، ولكنها في واقع الأمر كان مكتوبًا عليها من هنا مدخل إلى المكتب القانوني. وفيما يتعلق بالأيام الأخيرة، من الواضح أن الناس كانوا يرون مني أفضل سقوط دفاعاتي، ويستغلون هذا. لذلك شعرت بأنني سخيف، وقلت لنفسي:

«أنت مسن، وتخطرف، حاول أن تنظم الأشياء قليلًا واذهب إلى فراشك».

ولكنني لم أعرف من أين أبدأ. ألقيت نظرة إلى مكتبي وإلى غرفة المعيشة. في النهاية قررت أن أنقل إلى المدخل كل ما يجب التخلص منه. تأكدت من حالة الحاسوبَين، وبمعجزة كانا يعملان، بينما اتضح أن مختلف الأجهزة للاستماع إلى الموسيقى أو مشاهدة الأفلام لم تعد تعمل. وبالمكنسة دفعت كل ما كان مبعثرًا على الأرض ــ كتبًا، وبقايا مزهريات وتحفًا زهيدة الثمن، وصورًا قديمة، وأفلام فيديو قديمة، وأسطوانات، وعددًا لا نهاية له من دفاتر «فاندا»، وأقراصًا مدمجة وأقراص فيديو، وأوراقًا ووثائق، وأدوات متنوعة، أي كل ما ألقى به اللصوص على الأرض من أماكن التخزين والأدراج والأرفف ــ إلى أطراف الحجرتين.

كان عملًا متعبًا، وفي النهاية فحصت برضا المساحات الفارغة أكثر، وعندئذٍ قررت أن أنتقل لأفرز المواد الخاصة بمكتبي. جلست على الأرض، ببعض الأنين، وجمعت القطع المكسورة معًا، والكتب مع الكتب، والأوراق مع الأوراق، إلى آخره. في البداية عملت بسرعة. تألمت لأن بعض الكتب تمزقت إلى نصفين، أو فقدت أغلفتها، أو تبعثرت أوراقها. ولكن صبرًا، أخذت بعدها أضع في جانب كتبًا في حالة جيدة، وفي الجانب الآخر تلك المُدمرة. ولكنني بعد ذلك ارتكبت خطأ أن أتصفح

بعضًا منها، وبدأت، تقريبًا من دون أن أرغب في ذلك، في قراءة أجزاء كنت قد سطرت أسفلها، من يدري متى. وانتابني الفضول؛ لماذا رسمتُ دوائر حول بعض الكلمات؟ وما الذي دفعني إلى أن أضع علامات تعجب بجوار فقرة تبدو لي بلا معنى الآن وأنا أقرأها؟ نسيت أنني أقوم بعملية إعادة تنظيم لأتجنب كآبة «فاندا» عندما تستيقظ، ونسيت واقع أنني هنا لأنني لا أستطيع النوم، لأن الجو حار، ولأنني لا أشعر بالأمان، ولأنني أخشى أن يعود اللصوص، أن يهددونا، أن يقيدونا في فراشنا ويضربونا. إلا أنني انشغلتُ بما سطرت أسفله. أعدت قراءة صفحات كاملة، حاولت أن أعود بذاكرتي إلى العام الذي كرست فيه وقتي لذلك الكتاب، أو لذلك الآخر (١٩٥٨، ١٩٦٠، ١٩٦٢، قبل الزواج، بعده؟)، لم أكن أعيد فحص ما كان في ضمير المؤلفين ـ كانت غالبًا أسماء نُسيت، صفحات قَدمت، مفاهيم بعيدة حاليًا عن الاستهلاك الثقافي المعاصر ـ بل بالحري ما كان في ضميري أنا، ذلك الذي بدا في الماضي صحيحًا بالنسبة إليَّ، قناعاتي وأفكاري، ذاتي التي كانت تتكون.

سقط الليل في سكون عظيم. بطبيعة الحال لم أستطع أن أعثر على نفسي في أي من تلك العلامات، ولا في أي من علامات التعجب (ماذا يحدث للعبارات الجميلة التي تدخل إلى أذهاننا؟ كيف تؤثر فينا؟ وكيف تصبح خالية من المعنى، أو غريبة، أو مُخجلة، أو سخيفة؟)، وفي النهاية تركت الكتب.

انتقلت لكي أعيد إلى الصناديق أو الملفات الكبيرة أوراقًا أو وريقات خاصة، بطاقات لتصنيف قراءاتي، دفاتر بها روايات أو قصص ألفتها قبل عشرين عامًا، قصاصات عديدة من الصحف للمقالات التي نشرتها مع مقالات الآخرين الذين يتحدثون عني. وإلى هذا العدد الكبير من الأوراق أضفت شرائط البرامج الإذاعية، وشرائط وأقراصًا رقمية تُظهرني في التلفزيون في حقبتي الذهبية. كلها أشياء حرصت «فاندا» بكل إخلاص على الحفاظ عليها، على الرغم من أنها لم تُظهر قَطُّ أي اهتمام بما أفعله. وها أنا قد استعدت جزءًا كبيرًا من الأشياء التي تشهد كيف قضيت حياة طويلة بالفعل. هل كنت أنا تلك المواد؟ هل كنت تلك العلامات على الكتب التي قرأتها، أم كنت تلك الأوراق المليئة بالعناوين والاستشهادات (على سبيل المثال هذا: «إن مدننا ليست إلا مزارع للماشية: العائلات والمدارس والكنائس مراكز الذبح لأطفالنا، والمعاهد والجامعات هي المطابخ. وعندما نصبح ناضجين، نأكل المنتج النهائي، في الزواج والعلاقات». أو أيضًا: «إن ظهور الحب هو المخرب لكل نظام اجتماعي جيد في حياتنا»)؟ هل كنت أنا رواية طويلة مكدسة بالكلمات، كتبتها في العشرين، عن صبي اضطر إلى أن يكد ليلًا ونهارًا ليدفع لأبيه وزنه ذهبًا، ليتحرر هكذا منه ومن عائلته الأصلية؟ هل كنت أنا تلك الأفكار حول التعاقدات بين الصيادلة التي نشرتُها في منتصف السبعينيات؟ هل كنت أنا

تلك الحوارات التي قمت بها عن التشكيل المثالي للحزب، أم المقالات النقدية للكتب التي كانت تناقش تشغيل العمال في خطوط التجميع؟ هل كنت الاكتشافات الصغيرة المسلية في الحياة اليومية للمدن الكبرى ـ المواصلات، الطوابير التي لا تنتهي في المصارف أو مكاتب البريد؟ هل كنت الملحوظات الساخرة التي منحتني بعضًا من الشهرة، ومرحلة تلو الأخرى، حولتني إلى مؤلف تلفزيوني حظي ببعض النجاح؟ هل كنت أنا تلك المحاورات الفكرية التي أطلقتها في وجه هذا أو ذاك، أو النقد السلبي لفلان أو الإيجابي لعلان عن ذلك الذي اخترعته للتلفزيون في الثمانينيات أو التسعينيات؟ هل كنت جسدي المتحرك في زاوية مختلقة في شرفة ما، أسفل العاكسات التي تحاكي ضوء الظهيرة؟ هل كنت صوتي الذي كان منذ ثلاثين عامًا مضت، محاورًا، مهذبًا، رائعًا؟ أتذكر كم انحنيت منذ الستينيات، كان «تعبًا مضنيًا» ـ كما يقولون ـ لأحقق ذاتي. هل هذا هو التحقق؟ تراكم ملموس على مر العقود لأوراق مكتوبة بخط اليد، ومطبوعة، وآثار صُنعت من سطور وبطاقات، من صفحات وصحف، أسطوانات ووحدات تخزين نقالة «يو إس بي»، وأقراص صلبة على الهارد ديسك، تخزين على الكلاود؟ هل تحققتُ بالفعل، أصبحت شخصًا حقيقيًا؟ أي فوضى يمكنها أن تتدفق من غرفة المعيشة إلى ملفات جوجل بمجرد أن أطبع على لوحة المفاتيح فقط «آلدو مينوري»؟

فرضت على نفسي نظامًا: كفى قراءة، وتجوالًا بين الأوراق. عدت إلى عملية الفرز. وضعت بداخل صناديق من الكرتون دفاتر «فاندا» الكثيرة جدًّا، أرقامًا فوق أرقام، تاريخًا اقتصاديًّا دقيقًا لعائلتنا منذ عام ١٩٦٢ حتى اليوم، أوراقًا مرسومة عليها مربعات كانت تدوِّن فيها بالتفصيل الدخول والمصروفات، وربما إذا وافقت يكون الوقت المناسب للتخلص منها. راكمت في منتصف الغرفة الكتب التي لا بد أن أتخلص منها، ورتبت بطريقة عشوائية فوق الأرفف تلك التي في حالة جيدة ولم تتمزق. وضعت فوق المائدة الملفات الضخمة التي تحوي قصاصات الصحف، والصناديق التي تحوي الدفاتر، وتلك المليئة بشرائط الفيديو والأقراص الرقمية. وضعت الأجزاء المكسورة التي استطعت أن أجمعها في حقيبة قمامة، وقُطعت الحقيبة في أكثر من جزء، فوضعتها في أخرى. في النهاية بدأت أجمع أيضًا الصور الفوتوغرافية، صورًا لأزمنة بعيدة جدًّا انقضت، وبجوارها تلك الخاصة بالأزمنة الحديثة نسبيًّا.

لم أكن قد شاهدت الصور القديمة منذ فترة طويلة. بدَت لي قبيحة وغير مثيرة للاهتمام. الآن وقد اعتدت على الصور الرقمية، فلدينا أنا و«فاندا» عديد منها على أجهزة الحاسوب: صور كثيرة جدًّا للجبال والمعسكرات والفراشات، للوردات في البراعم أو على وشك أن تتفتح، للبحار والمدن والآثار، للوحات وتماثيل ثم للأقارب، ولصديقات وأصدقاء سابقين

للابن والابنة، ورفاقهما الجدد، ولأحفادنا وقد التقطنا صورهم في كل مرحلة من مراحل النمو، ولأطفال كانوا أصدقاء لأحفادنا. إنها الحياة التي لم تكن قَطُّ موثقة بهذه الوفرة. الحاضر، والماضي القريب، من الأفضل أن نترك خلفنا الماضي البعيد.

تجنبتُ النظر إلى صوري؛ لم أكن أحب نفسي وأنا مسن، ولم أعجب بنفسي قَطُّ وأنا شاب. إلا أنني ألقيت نظرة على «ساندرو» و«آنَّا» في صغرهما. كم كانا جميلَين! رأيت مرة أخرى خُطابها وخطيباته من أيام المراهقة، شبابًا لطفاء سرعان ما اختفوا. عثرت على أصدقائي أنا و«فاندا»، أصدقاء كنت قد نسيتهم، أشخاص ترددنا عليهم باستمرار، لنصل إلى ألَّا نتذكر منهم حتى اسمًا واحدًا أو لننتقل إلى المرحلة التي فيها ننادي عليهم، بامتعاض، بألقابهم. توقفت أمام صورة التُقطت في الفناء، من يدري من التقطها، ربما «ساندرو». كانت تعود إلى الفترات الأولى التي استقررنا فيها في هذا المنزل. الصورة لي ولـ«فاندا»، وفيها «ناضار» الذي كان في تلك الفترة ـ حسبتها ـ لا بد أنه قد تجاوز أعوامه الستين، ولكن إذا قارنا بما هو عليه الآن، كان يبدو شابًّا. قلت لنفسي وأنا أحدق إليه لوهلة: كم يستمر المرء في التغير حتى في فترة العمر المتقدمة! كان جارنا، في الصورة، طويل القامة، حسن الطلعة، وما زال لديه بعض الشعر فوق رأسه. كنت على وشك أن أضع الصورة جانبًا حين صدمتني «فاندا». لجزء من الثانية تملكني انطباع أنني لا أعرفها، واندهشت. كم كانت سنها

وقتها؟ خمسين، خمسًا وأربعين؟ توقفت أمام صور أخرى لها، وخصوصًا تلك الأبيض في أسود، وزاد تأكدي أنني أمام إنسانة غريبة عني. عرفتها عام ١٩٦٠، كانت سني وقتها عشرين عامًا وكانت هي في الثانية والعشرين. لم أعد أتذكر عن تلك الفترة سوى القليل، أو تقريبًا لا شيء. لم أستطع أن أتذكر إن كنت أراها جميلة، في تلك الفترة كان الجمال يبدو لي تعريفًا فجًا. لنقل إنها أعجبتني، كنت أشعر بأنها لطيفة جدًّا، وكنت أشتهيها إلى حد معقول. كانت فتاة شديدة الذكاء وحريصة. وقعتُ في حبها بسبب تلك الخصال، ولأنني تعجبت أنها ـ على الرغم من كل خصالها الكثيرة ـ وقعت في حبي. بعد ذلك كنا متزوجَين بالفعل، وأصبحَت هي المنظم الحاسم للحياة اليومية؛ حياة يومية مليئة بالدراسة والأعمال العابرة، بلا نقود، وفي حالة ادخار مستمرة.

تعرفت إلى ملامح تلك الفترة: ملابس فقيرة تحوكها هي بنفسها، وأحذية مليئة بالخدوش كعوبها بالية، وبلا أي مساحيق تجميل حول عينيها الواسعتين. ولكن ذلك الذي لم أتعرف إليه كان شبابها. هذا إذن ما بدا لي غريبًا: شبابها. في تلك الصور كانت «فاندا» تطلق شعاعًا، اكتشفت أنني لم أكن أحتفظ له بأي ذكرى، ولا حتى شرارة تسمح لي بأن أقول: أجل، كانت كذلك بالفعل. فكرت في الإنسانة التي تنام حاليًا في غرفة النوم، الإنسانة التي هي زوجتي منذ خمسين عامًا. لم أشعر بأنها كانت بالفعل

كما تبدو في تلك الصور. لماذا؟ هل كنت أنظر إليها بشرود منذ أول لقاء لنا؟ كم تركت منها بنظرة من طرفة عين من دون أن ألحظه؟ بحثت عن كل صورها منذ عام ١٩٦٠ حتى سنة ١٩٧٤، وتوقفت أمام ذلك العام الحاسم بالنسبة إلينا. لم تكن كثيرة؛ كانت الصور تُلتقط بندرة في تلك الفترة. كانت تشهد عن امرأة جذابة حتى وهي تقارب الأربعين من عمرها، وربما حتى جميلة. فحصت صورة يغلب عليها اللون الأحمر، وخلفها مكتوب بالقلم الرصاص: «١٩٧٣»، كانت تُظهر «فاندا» مع «ساندرو»، البالغ من العمر وقتها ثمانية أعوام، و«آنّا» في الرابعة من عمرها. الطفلان يبدوان فرحَين ويمسكان بأمهما، التي تبدو فرحة بدورها، وكان الثلاثة ينظرون إليَّ مستمتعين بينما ألتقط لهم الصورة. كانت نظرتهم السعيدة هي أثر وجودي، وتدل على أنني أنا أيضًا حاضر معهم. إلا أنني أدركت فقط الآن أن زوجتي كانت تشع استمتاعًا بالحياة يجعلها ساحرة. أغلقت بسرعة الصور في علبتين معدنيتين. كل شيء ضاع بسبب الإهمال. هل سبق واعتنيت حقًّا بـ«فاندا»؟ وعلى كل حال، ما فائدة هذا السؤال الآن وأنا لا يمكنني إصلاح أي شيء؟ في حجرة النوم، لم تتبقَّ سوى قزحيتين خضراوين أسفل رموش كثيفة مثلما كانت منذ خمسة عقود.

نهضت ونظرت إلى الساعة. كانت الثالثة وعشر دقائق، ولم تُسمَع سوى زقزقة بعض العصافير الليلية. أغلقت النافذة،

وأنزلت المصاريع، وعدت أفحص المكتب. بقي كثير لعمله، ولكن الوضع أفضل. وبينما أنا على وشك الذهاب إلى الفراش تعرفت إلى جزء كبير من آنية زهور لم أنتبه له. التقطته، وعثرت أسفله على ظرف أصفر، منتفخ جدًا، ومربوط بمطاط. تعرفت إليه على الفور، وإن لم أفكر فيه منذ عقود، حتى وإن دفنته حيث لا يمكن أن أعاود التفكير فيه. كان يحوي الخطابات التي كتبَتها لي «فاندا» في الفترة بين ١٩٧٤ و١٩٧٨.

شعرت بالضيق والحرج والألم، وفكرت في أن أعود لأخبئ الظرف قبل أن تستيقظ زوجتي، أو أن أضعه بين الأوراق التي لا بد من التخلص منها، وأن أذهب بها على الفور، الآن، إلى صندوق القمامة. حوت الخطابات أثر ألم قوي جدًا، إذا تحرر يمكنه أن يعبر الحجرة، ويمتد إلى حجرة المعيشة، ويتجاوز الأبواب المغلقة ويعود ليسيطر على «فاندا»، ليقلبها وينزعها من نومها، ويدفعها إلى الصراخ أو الصياح بأعلى صوت لديها. ولكنني لم أُخفِ الظرف، ولم ألقِ به في القمامة. وكمن سحقه ثقل عاد فجأة ليحط على كتفيه، عدت مرة أخرى لأجلس على الأرض. نزعت الرباط المطاطي، وبعد نحو أربعين عامًا، عدت لقراءة ـ ولكن بلا ترتيب ـ بعض من تلك الأوراق القديمة، عشرة أسطر من هنا وخمسة عشر من هناك.

الفصل الثاني

(١)

إذا كنت قد نسيت، أيها السيد المحترم، فدعني أذكِّرك: أنا زوجتك. كانت تلك أولى الكلمات التي وقعت تحت عينيَّ، في تلك الليلة، وعلى الفور استدعت إلى ذهني الفترة التي رحلتُ فيها عن المنزل لأنني كنت عاشقًا لأخرى. في قمة الخطاب كان التاريخ مكتوبًا: ٣٠ أبريل ١٩٧٤. ماضٍ، ماضٍ بعيد جدًّا. في صباح أحد الأيام الفاترة، في نابولي، في منزل تلك الأعوام الفقير. عاشق. ربما كان الأفضل أن أقولها هكذا: «﴿فاندا﴾، لقد عشقتُ». إلا أنني عبَّرت عن نفسي بطريقة أكثر وحشية، وأقل حسمًا عندما أفكر في الأمر الآن.

في الشقة لم تكن هناك ظلال الطفلين المقلقة؛ كان «ساندرو» في المدرسة، و«آنَّا» في الحضانة. قلت:

ـ «فاندا»، لا بد أن أعترف لكِ بشيء: أنا على علاقة بأخرى.

حدقَت فيَّ، مندهشة، وأنا نفسي فزعت من تلك الكلمات. همستُ:

ـ كان يمكنني أن أخفي ذلك عنكِ، ولكنني فضلت أن أقول لكِ الحقيقة.

وأضفت:

ـ يؤسفني، ولكن هذا ما حدث، ومن البؤس قمع الرغبة. سبَّتني «فاندا» وبكت، ضربتني على صدري بقبضتيها المضمومتين، ثم اعتذرت، ثم عادت لتغضب. بطبيعة الحال كنت متأكدًا من أنها لن تتعامل مع الأمر ببساطة، ولكن أدهشني رد الفعل العنيف لهذه الدرجة. كانت امرأة دمثة الطبع، عاقلة، ومِن ثَمَّ صعُب عليَّ أن أدرك أنها لن تهدأ بسهولة. لم يهمها كثيرًا أن مؤسسة الزواج تمر بأزمة، وأن العائلة تحتضر، وأن الإخلاص ليس سوى قيمة تتمسك بها البرجوازية الصغيرة. أرادت أن يكون زواجنا هو الاستثناء المعجزي. أرادت أن تتمتع عائلتنا بصحة جيدة. أرادت أن نظل مخلصَين دائمًا أحدنا للآخر. ونتيجة ذلك شعرَت باليأس، وطالبَت على الفور بأن أصرح لها مَن تلك المرأة التي خنتها معها. خنتها، أجل، صرخت في وجهي في لحظة ما وهي تبكي، وأهنتها.

في المساء، وأنا أختار كلماتي بعناية، حاولت أن أشرح لها أن الأمر لا يتعلق بالخيانة، وأنني أشعر نحوها باحترام كبير، وأن الخيانة الحقيقية هي عندما يخون المرء غريزته واحتياجاته، جسده ونفسه. صرخَت:

ـ هراء!

ثم على الفور تماسكت لكي لا توقظ الطفلين. تشاجرنا الليل كله بصوت منخفض، وكان ألمها بلا صراخ، ألمًا يُضخِّم من عينيها ويشوه ملامحها، وشعرتُ بالرعب منه أكثر من الألم الصارخ. ارتعبتُ ولكنني لم أتورط، لم يدخل ألمها قَطُّ في صدري كأنه ألمي. كنت في حالة نشوة تحيط بي كأنها سترة مضادة للحريق. تراجعتُ، وأخذتُ وقتي، وقلتُ إنه من المهم أن تفهم، وقلتُ إن علينا نحن الاثنين أن نفكر. قلت إنني مرتبك وإن عليها مساعدتي. ثم تسللتُ وخرجتُ ولم أعد إلى المنزل لبضعة أيام.

(٢)

لا أعلم ماذا كان بذهني، ربما لا شيء محددًا. من المؤكد أنني لم أكن أكره زوجتي، ولم أُراكم ضغائن تجاهها، وكنت أحبها. كانت تبدو لي مجازفة مُحببة أن أتزوج وأنا ما زلت شابًّا، لم أُنهِ دراستي بعد، وبلا عمل. شعرت وقتها بأنني نزعت عن نفسي سلطة أبي، وأنني وضعت نفسي أخيرًا على قمة وجودي. مشروع به كثير من المخاطرة بالتأكيد، فقد كانت مصادر الكسب التي يمكنني الاعتماد عليها شحيحة جدًّا، وأحيانًا كان ينتابني كثير

٨٥

من الخوف. ولكن كانت الأعوام الأولى جميلة، شعرنا فيها بأننا زوجان من نوع جديد، في صراع مع النظام القائم. ثم تحولت المغامرة بالتدريج إلى اعتياد تفرضه احتياجات الطفلَين، وخصوصًا عندما تغيرت فجأة الخلفية التي كنت ألعب أمامها دور الزوج والأب. الآن بدا كل شيء حولي يجتاحه التدهور، بدأ شيء كالطاعون يظهر في كل المؤسسات، وبصفة خاصة تلك الجامعية، حيث بدأتُ أعمل بلا توقعات. لم يعد كون المرء متزوجًا ولديه أسرته في سن مبكرة جدًّا علامة على استقلاله، بل على تخلفه. شعرت بأنني مسن وسِنِّي أقل من ثلاثين عامًا، وبأنني ـ رغمًا عنِّي ـ جزء من عالم وأسلوب يُعَدَّان في الموقع الأخير من المحيط السياسي والثقافي حيث أنتمي. ومِن ثَمَّ، على الرغم من قوة العلاقة بيني وبين زوجتي وطفلَيَّ، سرعان ما وقعت في براثن سحر أساليب الحياة التي كانت تقطع بشكل منهجي كل الروابط التقليدية. وفي إحدى المرات، وبحجة أن إصبعي سمُنت، ذهبتُ وقطعت خاتم الزواج. تألمت «فاندا» لهذا، وانتظرت أن أفعل شيئًا ما لأرتدي الخاتم مرة أخرى. لم أفعل شيئًا، واستمرت هي في ارتداء خاتمها.

ربما شجع هذا الجو علاقتي مع «ليديا» ونمَّاها. كانت هي قد تسجلت لتوها لتدرس الاقتصاد والتجارة ـ حسب موضة تلك الحقبة ـ وكنت أنا معيدًا بلا مستقبل في النحو اليوناني. من المؤكد أن فكرة التخلي عنها لكي لا أرتكب خطأ في حق زوجتي

وطفلَيَّ بدت لي وقتها نوعًا من الرجعية. وأيضًا فكرة أن نتقابل في الخفاء ـ حسب المتبَع في العلاقات الخفية ـ بدت لي متناقضة مع روح العصر. كانت سن «ليديا» أقل من عشرين عامًا، ولكنها كانت تعمل ولديها منزلها في شارع جميل مليء بالعطور. أن أدق على هاتف الاتصال الداخلي في كل مرة أستطيعها، وأتنزه معها، ونذهب معًا إلى السينما أو إلى المسرح، كانت كلها احتياجات مُلحة دفعتني إلى أن أكشف على الفور ما أخفيه لـ«فاندا». ولكنني لم أتصور أن الرغبة قد تجذرت، وأنني أردت تلك الفتاة مرارًا وتكرارًا. بل كنت ـ نوعًا ما ـ متأكدًا من أن اندفاعي نحوها سيخبو سريعًا، وأن «ليديا» نفسها ستتراجع لتعود إلى الفتى الذي كانت تواعده منذ بضعة شهور، أو لأنها عثرت على آخر، من عمرها، حر وليس لديه أطفال. نتيجة لهذا، بكشف علاقتي لـ«فاندا»، أردت فقط أن يكون لديَّ الوقت لأعيشها كما يحلو لي، بلا مناورات، وحتى الثمالة. الخلاصة أنني عندما تركت المنزل، في أعقاب تلك المواجهة الأولى، لم أكن أشك في الواقع أنني سرعان ما سأعود. قلت لنفسي: هذه الفترة ستكون بمثابة وقفة، ستهدف أيضًا إلى إعادة ترسيخ العلاقة بيني وبين زوجتي، وإلى توضيح أننا لا بد أن نتجاوز خطة المعايشة التي تمسكنا بها معًا حتى الآن. وربما كان هذا هو السبب الذي لأجله قلت لها: أنا على علاقة بأخرى، بدلًا من أن أقول: وقعت في حب أخرى. فالحب في تلك الفترة قد أصبح مفهومًا سخيفًا بعض الشيء،

وبدا كأنه من بقايا القرن التاسع عشر، ويشير إلى ميل خطير للالتصاق، الذي تجب مقاومته على الفور، في حال ظهر، كي لا يسبب أي ألم للشريك. ولكن مجرد العلاقة مع أخرى، على العكس، أصبحت أمرًا يتخذ شرعية خاصة به، سواء كان المرء متزوجًا أو لا. كنت على علاقة بأخرى، أنا على علاقة بأخرى، كانت عبارات تعبِّر عن حرية وليس عن ذنب. أدركت بالطبع أن هذه الصيغة ستبدو في أذن أي زوجة شيئًا بشعًا، وخصوصًا بالنسبة إلى «فاندا» التي ـ مثلي ـ نشأت مع الفكرة أننا أوَّلًا لا بد أن نحب شخصًا ما، ثم نمكث مع هذا الشخص. ولكن ـ هكذا كنت أفكر ـ لا بد لها أن تقبل، أنه يمكن أن يحدث، وأنه قد حدث، وأنه ربما، عندما أعود إلى العائلة، سيحدث مرة أخرى. ومن هذا المنظور ـ ومتمنيًا أن تفهم «فاندا» هذا، وتتأقلم مع الأزمنة الجديدة، ولا تقوم بمشاجرات أخرى ـ قضيت فترة سعيدة جدًّا، بل شديدة السعادة، مع «ليديا».

وأدركت متأخرًا أن الأمر لم يتعلق فقط بتبادلات جنسية، أو بحجر في المعركة ضد مفهوم الزنى، أو بصداقة إيروتيكية سعيدة، أو بواحدة من الممارسات العديدة المُحررة التي تعيد تأسيس العالم. كنت أحب تلك الفتاة. كنت أحبها بأكثر الطرق المتخلفة، أي بطريقة مطلقة، وكانت فكرة الابتعاد عنها، والعودة إلى زوجتي وطفلَيَّ، وتركها لآخرين، تنتزع مني رغبتي في الحياة.

استغرقني الأمر عامًا لأعترف بذلك، ولو بتحفظ. ولكنني لم أجد قطُّ القدرة على أن أقول هذا لـ«فاندا»، وهو الشيء الذي جعلني مسؤولًا أكثر عن تدهور حالتها. كوني على علاقة بأخرى، في اللحظة نفسها بدا لها الأمر بشعًا. ثم بمجرد استيعابها لهذه الصدمة على قدر استطاعتها، حاولَت أن تعد الشيء مجرد سقطة وقتية تعود إلى خبرتي القليلة بالنساء، ومِن ثَمَّ إلى فضولي الجنسي. وتمنت أنه في خلال بضعة أيام ستغادرني هذه الحُمى، وأخذت على عاتقها مهمة علاجي، سواء شفهيًّا أو تحريريًّا. كانت كالمصعوقة؛ لم تستطع أن تصدق أنها ـ هي التي وضعتني في مركز حياتها، ونامت معي منذ أعوام، ومنحَتني طفلَين، واعتنت منذ الأزل بكل احتياجاتي بطريقة مثالية ـ استُبدلت بها امرأة غريبة، لن تستطيع أبدًا أن تعتني بي بالطريقة المخلصة نفسها.

في كل مرة كنا نتقابل فيها ـ عادةً في أعقاب فترات غياب طويلة من جهتي ـ كانت تحاول أن تعرض بهدوء وبوضوح كل الأسئلة التي فكرت فيها. نجلس إلى مائدة المطبخ وتُحاول أن تسرد كل المشكلات العملية التي تسبب فيها اختفائي، واحتياج طفلَي إليَّ، وأسباب شعورها بالضياع. كانت النبرة عادةً مهذبة، ولكن في صباح أحد الأيام احتدت وسألتني:

ـ هل أخطأتُ في شيء ما؟

ـ لا، على الإطلاق.

ـ ما الذي لا يسير على ما يرام إذن؟

ـ لا شيء، إنها فقط فترة معقدة.

ـ تبدو لكَ معقدة لأنك لا تستطيع أن تراني.

ـ أنا أراكِ.

ـ لا، أنت ترى فقط تلك التي تتصبب عرقًا أمام الأفران، وتحافظ على نظافة المنزل، وتهتم بالطفلَين، ولكنني شيء آخر، أنا إنسانة.

وبدأت تصرخ:

ـ إنسانة، إنسانة، إنسانة.

وبذلت قصارى جهدها لتهدأ. كانت ساعات طويلة، صعبة. في تلك المرحلة كانت تحاول أن تُظهر لي أنها لم تثبت عند وضع معين في السنوات العشر السابقة، وأنها نضجت وأصبحت امرأة جديدة. كانت تفعل ذلك وهي تعتصر يديها لتحتوي غضبها. كانت تقول: «هل يمكن أن تكون أنت، أنت فقط لم تدرك هذا؟». وإذا شردتُ عن الموضوع ـ فلم أكن أعرف بمَ أجيبها ـ وأنا أعدد لها بشاعة العائلة وضرورة أن يتحرر المرء، نزلَت إلى أرضي، وأطلعتني برقة مصطنعة على أنها تعرف جيدًا الكتب التي أقرأها، وأنها هي أيضًا تعمل منذ فترة على تحرير ذاتها، وأن ذلك العمل يمكننا أن نقوم به معًا، بل يجب علينا ذلك. وعند لحظة ما ـ نظرًا

إلى ما كان يظهر عليَّ من تشوُّق إلى لحظة ذهابي، لأحمي حالة النشوة التي أشعر بها من وجودها المؤلم نفسه، ومن التوتر الذي يتسبب فيه ذلك العرض المؤلم ـ لم تكن حالة اللطف تصمد طويلًا، وبدأ مسار لقاءاتنا في التحول. تبدأ «فاندا» بنبرة ساخرة، ثم تنتقل إلى الصراخ، وتنفجر في البكاء، وتسبني. في إحدى المرات صرخت فجأة:

ـ هل أتسبب لك في الملل؟ قل لي إنني أُشعرك بالملل.

ـ لا.

ـ إذن لماذا تنظر إلى ساعتك باستمرار؟ هل أنت في عجلة؟ هل تخشى أن يفوتك القطار؟

ـ لا، معي السيارة.

ـ سيارتها؟

ـ أجل.

ـ هل تنتظرك؟ ماذا ستفعلان هذا المساء؟ هل ستذهبان إلى مطعم لتناول العشاء؟

وبدأت تضحك بلا سبب، وذهبَت إلى حجرة النوم، وأخذت تغني بأعلى صوت أغاني أطفال قديمة.

بعد وهلة، بالطبع، استعادت تماسكها، كانت تستعيد تماسكها دائمًا. ولكن في كل مرة تستعيد تماسكها كنت أشعر بأنها فقدت شيئًا ما من نفسها، كان في الماضي يجذبني إليها. لم تكن قَطُّ على هذه الحال، وبدأت تذبل بسببي، إلا إن ذبولها ذلك بدا لي

تصريحًا بأن أبتعد أكثر عنها. كنت أقول لنفسي: لماذا يجب أن يكون الحصول على بعض الحرية بهذه الصعوبة؟ لماذا نحن بلد بهذا التخلف؟ لماذا في الدول الأكثر تطورًا، كل شيء يحدث من دون تلك المآسي الكبرى؟

في إحدى المناسبات كنت على وشك أن أغادر، وكانت نهاية الظهيرة في يوم شديد الحرارة. جرَت نحو الباب وأغلقَته بالمفتاح. نادت على «ساندرو» و«آنّا» وقالت لهما:

ـ بابا يشعر بأنه في السجن، إذن لنلعب لعبة نجعله فيها سجينًا بالفعل.

تظاهر الطفلان بأنهما يتسليان، وتظاهرتُ أنا أيضًا بذلك، ولكنها لم تتظاهر، بل كانت تقول بصوت منخفض:

ـ آه، آه، الآن لن تخرج أبدًا.

ثم ألقت عليَّ بكومة المفاتيح، وأغلقَت على نفسها الحمام. لم أجرؤ على المغادرة، أرسلتُ «ساندرو» ليناديها. ظهرت من جديد وقالت:

ـ كنت أمزح.

ولكنها لم تكن تمزح على الإطلاق. كانت متعَبة، لم تكن تنام، تحاول أن تفهم كيف يمكنها أن تعقِّلني. ونظرًا إلى أنها لم تستطع، تحاول أحيانًا أن تستدر عطفي، وأحيانًا أخرى أن تغضبني، مرات أن تتوسل إليَّ ومرات أخرى أن تخيفني. كنت أقول لها: «يجب ألّا تتمسكي بي بهذه الطريقة». فتجيبني شاعرةً

بالإهانة: «مَن المتمسك بك؟ اذهب». ولكن بعد ذلك بدقيقتين تتمتم: «انتظر، اجلس، إن جنونك أفقدني عقلي».

ما كان يثير سخطها ويستنفدها أنني لم أرغب في أن أشرح لها لماذا فعلت هذا. كانت تقول، وتكتب لي: لماذا؟ ولكنني لم أكن أعرف ماذا أقول لها. أخترع إجابات ملتوية، وأحيانًا أتمتم: «لا أعرف». كنت أكذب بطبيعة الحال، الآن أعرف السبب، ويتضح أكثر أمامي. كان الوقت مع «ليديا» وقتًا سعيدًا، خفيفًا، ولم يكن يكفيني مطلقًا. كنت أشعر بأنني ممتلئ بالطاقة، أكتب وأنشر، وأعجب، كأن المستنقع الذي حملته بداخلي منذ الطفولة واستمر حتى فترة وجيزة قد استصلحَته فجأة تلك المرأة الشابة، الملونة والأنيقة. في البداية كان شهر أبريل رائعًا: أن أنام معها في الربيع، وآكل معها في الربيع، وأتنزه معها في الربيع، وأسافر معها في الربيع. وأن أنظر إليها ـ أنظر إليها مسحورًا ـ بينما ترتدي ملابسها وتخلع عنها ملابس الربيع. فكرتُ: سأعود إلى المنزل في نهاية شهر مايو. ولكن انزلق الربيع حتى اليوم الأخير من التقويم، وشعرتُ بأنني أحتضر، ولهذا قلت: لننتظر الصيف، أريد أن تكون «ليديا» لي أيضًا طوال الصيف. ولكن الصيف أيضًا انتهى ولم أعرف كيف أحتمل الخريف من دونها. ثم انتهى الخريف بدوره، وانتهى الشتاء، وطوال ذلك العام، وعلى الرغم من لقاءاتي مع زوجتي والطفلَين، لم يهمني شيء سوى «ليديا» الربيع، و«ليديا» الصيف، و«ليديا» الخريف، و«ليديا» الشتاء. أي

أن الزمن الذي كنت أشتهيه كان زمنها، أما الوقت مع «فاندا»، ومع «ساندرو» و«آنّا»، فكنت أخشاه، كنت أبتعد، وأقلصه إلى أدنى حد، مرة بعذر ومرة بآخر. عندما أكون معهم أحمي نفسي بالكذب، والكذبة تخدمني في حماية الشعور الرائع بالعافية الذي اجتاحني. في تلك اللحظات كنت أُشعر نفسي بالخجل سواء من عجزي عن أن أكون حقيقيًا، أو بسبب الواقع غير المحتمل من يأس زوجتي وشرود طفلَيَّ. ولكي أكون بالفعل ما أشعر به، ولكي أقول حقًا لماذا أتصرف بتلك الطريقة، كان عليَّ أن أتحدث عن سعادتي مع «ليديا». ولكن ماذا كان سيبدو أكثر قسوة من هذا؟ كانت «فاندا» تريد شيئًا آخر. «فاندا»، لكي تخرج من يأسها، كانت تتوقع أن أقول لها: «أنا أعرف أنني أخطأت ولنعد مرة أخرى معًا». وكانت هذه هي الدائرة المفرغة.

(٤)

لم نخرج منها في ذلك العام، ولا في العام التالي. أصبحت زوجتي نحيفة وأهدرت حيويتها، وفقدت بشكل متزايد سيطرتها على نفسها. أصبحَت كشخص معلق في الفراغ، وساهم الخوف كثيرًا في أن ينتزع منها قواها الأخيرة.

في البداية اعتقدت أن الموقف السيئ الذي كنا فيه يخصنا

نحن الاثنين فقط، ولا يخص «ساندرو» و«آنّا». ولكن في واقع الأمر، الآن رأيت بعينَي عقلي الطفلين: ملامحهما غير واضحة، ليست في وضوح مشاهدنا ونحن نتناقش، أو نتشاجر، في أثناء وجودنا هناك في المطبخ، وهي مشاهد محددة جيدًا على الرغم من مرور الزمن. لا وجود لـ«ساندرو» و«آنّا» في ذهني، وإذا وُجدا فهما مشغولان في شيء آخر، يلعبان أو يشاهدان التلفزيون. كانت أزمتنا والحزن الذي يلتهمنا في مكان آخر، مكان لم يضمهما. ولكن في لحظة ما تغيرت الأمور. صرخت فيَّ «فاندا»، في إحدى مشاجراتنا، أنني يجب أن أخبرها إذا كنت ما زلت أريد العناية بطفلَينا أو أنني أنوي التخلص منهما كما تخلصت منها. أصبت بالذهول. أجبت:

ـ بالتأكيد أريد أن أعتني بهما!

وتمتمَت:

ـ حسن معرفة ذلك، إذن سأترك الأمر برمته.

ولكن عندما أدركَت أن الوقت يمر وأنا مستمر في التنقل بين الاختفاءات الطويلة والوجود الوجيز، قالت لي إنني إذا لم أكن أريد أن أدرك مسؤولية ما فعلته بها، على الأقل لا بد لي أن أدرك نتيجة ما فعلته بطفلَيَّ، وكيف أفكر في تعويضهما عن ذلك.

لم أكن قد فكرت. مثَّل الطفلان، قبل تلك الكارثة، معطى رئيسيًّا في الوجود. فقد أتيا إلى الدنيا وأصبحا موجودَين. في وقت فراغي كنت ألعب معهما، أصطحبهما في نزهة، وأؤلف

لهما حكايات، أمدحهما، وألومهما. ولكن بصفة عامة، بعد أن أسليهما بما يكفي، أو في أعقاب تقويمي لهما بسلطة خيرة، أغلق على نفسي غرفة مكتبي، وكانت زوجتي تسليهما بكثير من الخيال، وفي الوقت نفسه تكرس نفسها للأعمال المنزلية. لم أرَ قَطُّ في ذلك المسار أي شيء خاطئ، ولم تشكُ «فاندا» نفسها من ذلك قَطُّ، ولا حتى عندما اقتحمت ثقافة «التحرر من المؤسسة» ـ يا لها من عبارة قبيحة ـ كل شيء حولنا. فقد نشأ كلانا على فكرة أن هناك طريقة معينة للوجود قائمة في النظام الطبيعي للأشياء. كان طبيعيًّا أن زواجنا سيستمر حتى يُفرق الموت بيننا. كان طبيعيًّا ألَّا يكون لزوجتي عمل سوى ذلك الخاص بالعناية بالمنزل. وحتى حينها وقد بدأ كل شيء في التغير ـ تلك المرحلة «السابقة للثورة»، كما كان يُقال ـ لم يكن مقبولًا أن تتوقف الأمهات عن العناية بأطفالهن. إلا أنها الآن تطرح أمامي تلك المشكلة وتسألني كيف أنوي مواجهتها. ومرة أخرى لم أعرف ماذا أقول لها. كنا في الشارع، في ميدان «مونيشيبيو». توقفت، ووضعت عينيها في عينَيَّ، وسألتني:

ـ هل تريد أن تستمر في دورك كأب؟

ـ أجل.

ـ وكيف؟ بأن تظهر مرة أو مرتين لتغرس السكين في الجرح، ثم تبتعد لمدة أشهر؟ هل تريد أن يوجد الطفلان تبعًا لأوامرك، فقط عندما يريحك وجودهما؟

ـ سآتي لأراهما في نهاية كل أسبوع.

ـ آه، ستأتي لتراهما. هل تريد أن تقول إنهما سيمكثان معي؟

اضطربتُ، وتلعثمتُ:

ـ حسنٌ، يمكنني أن آخذهما أنا أيضًا بعض الوقت.

صرخَت:

ـ أيضًا؟ أيضًا؟ أنا آخذهما طوال الوقت وأنت ستأخذهما أيضًا؟ هل تريد أن تدمرهما كما تعمل على تدميري؟ لكن الأطفال بحاجة إلى أبويهما دائمًا وليس أيضًا.

هربت مبتعدة تاركةً إياي على بُعد بضعة أمتار من مبنى البلدية. فرضتُ على نفسي العودة إلى نابولي كل إجازات نهاية الأسبوع. كنت أترك روما، أذهب إلى المنزل حيث سكنّا اثني عشر عامًا. كان برنامجي أن أتجنب الشجار مع «فاندا» ـ لم أعد أستطيع تحمل مزيدٍ، وكانت هي أيضًا ترتعش، تُشعل سيجارة تلو الأخرى بيدَين مرتجفتَين، وعيناها عينا شخص لا يرى مَخرجًا ـ أحاول أن أتهرب منها، وأغلق على نفسي حجرة مع الطفلين. سرعان ما اكتشفت أن هذا أمر مستحيل. على الرغم من أن مساحات المنزل ظلت كما هي، لم نستطع أنا والطفلان المكوث معًا ببساطة كانت لنا يومًا. أصبح كل شيء الآن مصطنعًا. كنت أشعر بأنني مُجبر على أن أقضي بسعادة الوقت معهما؛ وهما، لم يعودا كما كانا، صارا ينظران إليَّ بقلق، منتبهين إلى كل ما نفعله أنا وأمهما ونقوله. كانا يخشيان أن يُخطِئا، أن يغضباني، ومِن ثَمَّ

أن يفقداني إلى الأبد. كانا يشعران بأنهما مجبران على أن يقضيا الوقت بسعادة معي. ولكن على الرغم من رغبتنا في ذلك بكل قوانا، لم ننجح بأي طريقة ـ لا الأب ولا الطفلان ـ في أن نتصرف على طبيعتنا. كانت «فاندا» في الحجرة الأخرى، ونحن الثلاثة لا نعرف كيف ننسى وجودها. كانت هكذا جزءًا منا، وأي محاولة لانتزاعه كانت مجهودًا بلا جدوى. تتركنا بمفردنا أوقاتًا طويلة، تفعل هذا بالفعل، ولا تتدخل، ولكن تصلنا ضوضاء ما تجتهد في عمله، أو أصوات دندنتها العصبية. كان لا بد علينا أن نتجاهلها، أن نتعلم أننا ثلاثة فقط وأن ننظم أنفسنا في منأى عن الرباعي القديم. ولكننا لم نكن نستطيع ذلك، كنا نشعر بوجودها كنوع من التهديد ـ ليس بأنها ترغب في إيذائنا، بل كنا بالحري نخشى تهديد ألمها ـ ونشعر بأنها لا تفقد حركة من تحركاتنا ولا كلمة من كلماتنا، وأنها تعاني بسبب أي حركة لكرسي أو طاولة. ومِن ثَمَّ كان الزمن يميل إلى نوع من الاستطالة الذي لا يمكن تحمله، ولا يحل الليل مطلقًا. بعد فترة لم أعد أعرف ماذا عليَّ أن أخترع. كنت أشرد، وأفكر في «ليديا». إنه يوم السبت، ربما ذهبت إلى السينما مع أصدقاء لها، ومن يدري. أخطط لأقول بصوت مرتفع: «سأنزل لأدخن سيجارة»، وأبحث عن هاتف، أهاتفها قبل أن تخرج، قبل أن يرن الهاتف بلا رد ويترك على كاهلي شعورًا بالهجر. كانت «فاندا» تُظهر حساسية من نوع خاص نحو لحظات الشرود تلك. تظهر فجأة، وتقرأ على وجهي،

وتستنتج معاناتي في البقاء مع الأولاد. لم أمكث معهما هكذا طويلًا في الأوقات العادية. لم يحدث ذلك قَطُّ مثلما حدث حينها، كأن الأمر يتعلق بامتحان، ولزوجتي ـ أمهما ـ السلطة بأن تمنحني عليه تقديرًا ما.

أحيانًا لم تكن تستطيع أن تتماسك:

ـ كيف الحال؟

ـ تمام.

ـ ألا تلعبون؟

ـ بالطبع نلعب.

ـ بمَ؟

ـ بالورق: الآس يربح كل شيء.

ـ يا أطفال، دعا أباكما يفوز، وإلا لن يشعر بالسعادة.

لم يكن يعجبها شيء. تلومني لأنني أُشغل التلفزيون، وتنتقدني لأنني أجعلهما يلعبان بعنف، وتقول لي بسخرية إنني أثيرهما كثيرًا حتى إنهما لن يستطيعا النوم. يصبح التوتر غير محتمل، وينتهي الأمر بأن نتشاجر أمام «ساندرو» و«آنّا». لم تعد المشاجرات تتم بحرص. أقنعَت «فاندا» نفسها بأن الطفلَين لا بد أن يعرفا، ويقيِّما، ويحكما.

ـ اخفضي صوتكِ من فضلكِ.

ـ لماذا؟ هل تخشى أن يعرفاكَ على حقيقتك؟

ـ ليس هذا بالطبع.

ـ هل تريد أن تفعل بهما ما فعلته بي؟ هل يجب أن يعتقدا أنك تحبهما بينما ليست هذه هي الحقيقة؟

ـ ما دمت أحببتِك، وما زلت أحبكِ.

ـ لا تكذب. لا تكذب، فأنا لم أعد أحتمل هذا. ليس أمام الطفلَين. إذا كان لا بد أن تكذب، اذهب من هنا.

وسرعان ما تعلم «ساندرو» و«آنَّا» أن كل ظهور لي سيجلب معه ألمًا لأمهما لا يمكن التحكم فيه. وهكذا، إذا كانا في البداية ينتظرانني للاستمتاع برؤيتي، ويتمنيان أن أمكث معهما إلى الأبد، فقد أصبحا يركزان بتظاهر في اللعب أو في مشاهدة التلفزيون، وهما يتمنيان في الوقت نفسه أن أذهب قبل أن تنفجر العاصفة. وكنت أنا أيضًا أميل إلى تقليص فترات مكوثي، والرحيل بمجرد أن أشعر أن «فاندا» على وشك الانهيار. في إحدى المرات أحضرت هدايا للطفلَين، كنزة لـ«ساندرو»، وعقدًا لـ«آنَّا». عندما لاحظَت أن الابنة مسرورة قالت:

ـ هل ابتعتَ أنت هذه الأشياء؟

ـ أجل، ومن تريدين أن يفعل هذا؟

ـ «ليديا».

ـ ماذا تقولين؟

ـ لقد اكتسى وجهك بالحمرة، إذن هي.

ـ ليس حقيقيًّا.

ـ هل أنت بحاجة إلى أن يساعدك أحدهم في ابتياع هدية

لطفلَيك؟ لا تتجرأ مرة أخرى أن تعطيهما أشياء تأتي من جهتها.

في الواقع كانت «ليديا» هي من قامت بذلك بالفعل، ولكن لم تكن هذه هي المشكلة. كان لكل مشاجرة تقوم بها «فاندا»، في تلك المرحلة، هدف آخر. أرادت أن تثبت ـ ليس فقط لي بل لنفسها أيضًا ـ أنني لا أعرف أن أكون أبًا في منأى عنها، ولا أستطيع ذلك، وأنني باستبعادي لها أستبعد نفسي أيضًا، وأنه من دون أن نتصالح، لن تعود الحياة ـ أي الطريقة التي عشنا بها حتى اللحظة التي اعترفتُ لها بخيانتي ـ ممكنة.

سرعان ما بدت لي تلك الأطروحة راسخة. فظهوري في كل سبت وكل أحد، وأنا أرى «ساندرو» و«آنّا» يستقبلانني مهندمَين ومصفَّفَي الشعر، كما يحدث في زيارة شخص غريب، وشعوري بأن الدقائق الأولى المُرحبة مشحونة بأقصى شحنات التوتر لي ولهما، لم يبدُ لي ذلك فقط بلا جدوى، بل خطيرًا. كان المفترض أن يخدم وجودي في المنزل استمرارية صورة الأب، لكن نظرًا إلى أنه لم يكن دائمًا، كانت نتيجته معيبة. بدا أي شيء أقوله أو أفعله غير كافٍ لـ«فاندا». كانت تُطلعني نقطة تلو الأخرى ـ بالحماس المنطقي الذي كثيرًا ما كانت قادرة عليه، والذي تأجج حينها ـ على أنني لا أستجيب بالشكل المناسب لتساؤلات طفلَينا الصامتة، وأنني أخيب توقعاتهما.

في صباح أحد الأيام سألتها، وأنا أشعر بفزع لم أعهده من قبل:

ـ ماذا يتوقعان؟

صرخت بصوت يتمزق في صدرها كأنه يخنقها:

ـ أن يفهما. أن يفهما لماذا رحلتَ لتعيش في مكان آخر، ولماذا هجرتهما، ولماذا تمكث معهما رغمًا عنك فقط لبضع ساعات ثم تذهب، من دون أن توضح متى ستعود أو متى ستكرس نفسك لهما كما يستحقان.

قلت لها إنها على حق، لأهدِّئها نوعًا ما، ولكن أيضًا لأنني لم أكن أعرف علامَ أعترض. أي أب كنتُ، وأي أب كان بوسعي أن أكون، في ذلك المنزل حيث كان لدينا لأعوام اليقين المطلق أننا نحن الأربعة سنظل معًا إلى الأبد؟ استوعبت هندسة المنزل طريقتنا في المكوث معًا، بأن منحت لكل ركن من أركانه وظيفته. وعلى الرغم من أن المساحات رمادية، باردة في الشتاء وشديدة الحرارة في الصيف، غير مضيئة أبدًا، فإنها تشكلت كلها وتحولت إلى عادات محببة، غالبًا ما تجلب أقصى درجات الفرح. إن السكنى في المنزل لمدة ساعات من كل أسبوع بناءً على الوضع الجديد، بدت لي أمرًا مستحيلًا. وهكذا في إحدى المرات، وفي قمة إحدى مشاجراتنا المعتادة، قلت لـ«فاندا»:

ـ المدارس في إجازة، سيبقى الأولاد معي لفترة.

ـ معك، كيف؟

ـ معي.

ـ هل تريد التخلص مني؟

ـ لا، ماذا تقولين؟

قالت بمرارة:

ـ أنت تريد أن تتخلص مني.

ولكنها وافقت بعد ذلك. وافقت بطريقة درامية، كأن الأمر يتعلق بتجربة أخيرة وحاسمة، وفي نهايتها ستفهم ماذا يوجد بالفعل في ذهني.

(٥)

أخذت الطفلين إلى روما في يوم من أيام الأحد الصيفية، وبدَوا مسرورَين. ولكنه كان قرارًا خاليًا من التعقل. لم يكن لديَّ منزل ـ لم يكن في استطاعتي أن أدفع ثمنه ـ ومن ناحية أخرى لم أكن أرغب في أن يمكثا لدى «ليديا». كانت الأسباب، كالعادة، معقدة. فقد توقعت أنها لو استضافتنا نحن الثلاثة في شقتها ذات الحجرة الواحدة، وعرفت «فاندا»، لرأت في ذلك الاختيار نوعًا من الاستبعاد، كأنني أقول لها: «ابتعدي من المركز، فأنتِ لا تصلحين كزوجة ولا كأم». ونظرًا إلى أن منطقًا مُتشددًا كان يستحوذ عليها أكثر فأكثر ويمنعها من أي وساطة، كنت أخشى أن تلك النتائج المتتابعة المجردة التي تعيد صياغتها قد تدفعها ـ بل كانت تدفعها بالفعل كل يوم، وهي أضعف جسديًا ومنتبهة أكثر

١٠٣

ذهنيًا ـ إلى مبالغات لم أرغب حتى في تخيلها. ولكن لم يكن رد فعلها فقط ما يقلقني. كان المكوث مع «ليديا» تحت أنظار الطفلين، في منزلها المضيء، على الإفطار والغداء والعشاء، داخل فراشها، يبدو لي شيئًا كريهًا. كان مثل القول بطريقة عملية لـ«ساندرو» ولـ«آنَّا»: «إليكما، انظرا إلى تلك الفتاة، هل تريان كم هي لطيفة، وكم هي هادئة؟ هل تريان كم نحن مستريحون معها؟ أنا أعيش هنا، هل يعجبكما هذا؟». وكنت أتوقع أنني بتلك الطريقة سأجبرهما، محبةً فيَّ، على مُعايشة كان ـ وخصوصًا إذا وافقا على أن «ليديا» لطيفة بالفعل ـ يمكن أن تُهين جبهما لأمهما. لم ينتهِ الأمر هنا، بل كان هناك أمر آخر. لم أكن أريد أن أُظهر نفسي في وظيفة الأب. أن أعيش مع «ليديا» والطفلَين لأيام، وأن نشغل مكانها الصغير جدًا، ونتسبب في أي فوضى، وأن أريها مسؤوليتي، وأجبرها أن تشاركها معي، بدا لي أمرًا لا يمكن قبوله. فحتى فترة وجيزة ـ ونظرًا إلى جهود «فاندا» ـ لم أدرك أن لديَّ أيًا من تلك المسؤوليات، ولم أتولَّ أيًا منها بأي مقياس. لم أكن أرغب في أن أريها، بطريقة ملموسة هكذا، ما كنته بالفعل: رجل في السادسة والثلاثين، محدَّد بصرامة، متزوج، وأب لطفلَين، طفل سنه أحد عشر عامًا وطفلة سنها سبعة أعوام. لم أكن أرغب في أن أُظهر حتى لنفسي بهذه الطريقة، بداخل ذلك المكان الساحر. هناك كنت أشعر بأنني عاشق متفتح الذهن، لا يتحرر ليعود ويقيد نفسه مرة أخرى. كنت أحتفي بشكل جديد

من علاقات الحب، ولم أكن أريد أن أبدو كمن يجر إلى منزل امرأة شابة، أمامها كل المستقبل، إرث ماضيه الرمادي.

طلبت من صديق استضافتي. لم أكن أعرف شيئًا عن رعاية الأطفال، وسرعان ما تركتُ الزوجة لتعتني بهما. كانا هما الاثنان في صفي، يعضداني. كانا يقولان ـ على الرغم من أنهما زوجان محبَّان ومستقرَّان في الزواج منذ خمسة أعوام ـ إن المرء يجب ألَّا يقاوم الاندفاعات العاطفية، وإنني على حق في ترك نفسي لتحملني الرغبة، وإنني لا بد أن أتوقف عن الشعور بالذنب. في إحدى الأمسيات، بينما ينام الطفلان، قام الزوجان بعملية غسيل مخ عاقلة لي، لأنني لم أتحدث مطلقًا بسوء عن زوجتي.

سألتهما:

ـ ولماذا يجب أن أفعل هذا؟

قال صديقي:

ـ لأنها تُبالغ، فلا يمكن التصرف بهذه الطريقة.

ـ أتسبب لها في ألم شديد وهي تتفاعل مع ذلك حسب قدرتها.

هتفت زوجته:

ـ تتفاعل بطريقة سخيفة جدًّا جدًّا!

ـ من الصعب أن يتألم المرء بطريقة لطيفة.

ـ آخرون يفعلون ذلك، إن التماسك في بعض المواقف هو كل شيء.

ـ يبدو أن أولئك الذين تعرفينهم أنتِ لا يتألمون مثلما تتألم «فاندا».

دافعت عنها بإخلاص، ولكنهما استمرَّا في رؤية أنني أنا الأكثر لطفًا وتماسكًا. وهكذا عندما يذهب «ساندرو» و«آنّا» إلى الفراش، كنت أتأكد من نومهما، ثم أتركهما في رعاية مُضيفيَّ المُحبة وأجري إلى «ليديا». كانت كل الساعات التي أقضيها معها، منذ بداية علاقتنا، تتسبب في اندهاشي. كانت ساعات بعيدة تمام البعد عن الفقر الذي اعتدته مع «فاندا». تعلمَت «ليديا» أن تعيش جيدًا، وكان ذلك جزءًا من طبيعتها. كانت تستمتع بوسائل الراحة والرفاهية، تنفق الأموال لتستقبلني بفرح، وتعطيني القليل الذي لديها إذا كنت في ضيق، تعيش وضعنا المُعقد من دون أن تقلق على المستقبل. كنتُ أسعد عندما تفتح لي الباب وأجد المائدة مجهزة من أجل عشاء ليلي سخيّ، وأشعر بالحزن عندما أضطر إلى أن أترك فراشها قبل الفجر. كنت أعود في الخامسة والنصف صباحًا إلى الطفلَين، متمنيًا ألَّا يكونا قد استيقظا. أدور في المنزل بلا نعاس، يملأني الشعور بالذنب. كثيرًا ما جلست بجوار فراش «ساندرو» و«آنّا»، أنظر إليهما محاولًا استيعابهما بداخلي، والشعور بهما كمخلوقَين مني، لا يمكنني الاستغناء عنهما. كنت أوقظهما بعد ذلك بساعتين، ثم، ونظرًا إلى أن صديقي وزوجته كان لديهما ما يشغلهما، كنت أجر الطفلَين خلفي إلى عملي.

لم يكن «ساندرو» و«آنّا» يعترضان قطُّ. كانا يراقباني في غاية التهذيب، ويحاولان بطريقتهما ليس فقط ألَّا يشكلا عبئًا علَيَّ بل أن يشرفاني أيضًا وسط زملائي وطلابي. ومع ذلك، بعد فترة وجيزة، استسلمتُ وذهبت لأسلمهما إلى «فاندا».

قالت لي بنبرة سخرية:

ـ بهذه السرعة؟ هل هذا هو مدى أبوتك؟

لم أستطع أن أشرح نفسي. في النهاية تمتمتُ أنه كان صعبًا أن أواجه كل احتياجات طفلَينا كما تفعل هي دائمًا. فهمَتني خطأ، واعتقدت أنني أرغب في العودة إلى العائلة. ابتهجت وتحدثت عن التوازن الجديد الذي يجب على أربعتنا العثور عليه مرة أخرى. هززت رأسي وقلت:

ـ لا بد أن أعيد تنظيم نفسي.

وفي جزء من الثانية قرأت «فاندا» في عينَيَّ كمَّ القوة التي كنت أنجح في أن أجدها من سعادتي بعيدًا عنها، وفهمَت فجأة أن لا شيء سيبقيني، ولا حتى الطفلان. وأدركتُ لبضع دقائق مدى الاستياء الذي أسببه لها، وهرولت مبتعدًا لأتجنب التفكير في ذلك.

وصلتني إشارتها الأخيرة بعد ذلك ببضعة أشهر بالبريد. كانت مجموعة مستندات هزيلة جدًا. كان المستشار رئيس محكمة القاصرين في نابولي يحذرني أن إجراءً قد اتُّخذ، ووفقًا له عُهد بحضانة «ساندرو» و«آنّا» إلى والدتهما. كان يمكنني أن

أركب قطارًا على الفور، وأذهب إلى رئيس المحكمة المستشار، وأعترض وأصرخ بأنني الأب، ولا يهمني أي شيء يخص المادة ١٣٣ أو خلافه، فإنني هنا وليس حقيقيًّا أنني هجرت طفلَيَّ، وإنني أرغب في المكوث معهما. لم أفعل أي شيء. استكملت حياتي مع «ليديا» واستمررت في عملي.

(٦)

وبينما أنا أجلس على أرضية مكتبي محطَّمًا، فحصتُ طويلًا تلك الوثيقة. كانت هناك، في الظرف الأصفر، مع خطابات «فاندا». سألتُ نفسي إذا كان ابني وابنتي قد قرآ ذلك الإجراء الاستثنائي الذي أعلنتَه، كما يُقال، السلطة القضائية، أو أي وثيقة شبيهة موجودة حتمًا في مكان ما. تلك الوثيقة مثلت ذكرى تخلِّي الرسمي عنهما. إنها الإثبات الموثَّق على أنني تركتهما ليكبرا بعيدًا عني، وأنني سمحت أن يسقطا نهائيًّا خارج حياتي، في عاصفة لا بد أنها أخذتهما بعيدًا عن عينيَّ وعن اهتمامي. ذلك الإعلان المقتضب كان يمثل تخلصي منهما. كنت سأعتاد ألَّا أشعر مطلقًا بثقل وجودهما في رأسي أو في صدري أو في معدتي، لأنها لن تصبح عادة يومية، لأنهما سرعان ما سيصبحان مختلفَين عما عرفته. سيفقدان ملامح الطفولة، وسيزدادان

١٠٨

طولًا، وسيتغير في كل منهما الجسد والوجه والصوت والخطوة والأفكار. ولكن الذكرى ستوقفهما عند اللحظة الأخيرة التي أحضرتهما فيها مرة أخرى لأمهما وقلت لها: «لا بد أن أعيد تنظيم نفسي».

مر عليَّ بعض الوقت. تحملت الانفصال بفضل وجود «ليديا» والتزامات زادتني امتنانًا. تركت العمل المحبط في الجامعة. بدأت أكتب للصحف، وأعددت برامج إذاعية، وظهرت باستحياء على شاشات التلفزيون. هناك مسافة لا يمكن قياسها بالكيلومترات، ولا حتى بالسنوات الضوئية؛ هي المسافة التي يسببها التغير. ابتعدتُ عن زوجتي وعن طفلَي مندفعًا خلف ما أهواه: المرأة الجديدة التي أحببتها، وعمل ممتع جديد أيضًا أدى، في نهاية سلسلة من الأحداث بدت بلا توقف، إلى نجاح شخصي صغير يعقبه آخر. كنت أُعجب «ليديا»، وأُعجب الجميع. وفي ذلك الوقت غطت سحابة جافة الماضي الذي شعرت فيه ببطئي وعدم إنجازي. شحب منزل نابولي، وأقاربي، وأصدقائي. ظلت «فاندا» و«ساندرو» و«آنّا» أحياء، مثابرين، ولكن فقط حتى نزعَت عنهم المسافة الطاقة، ونزعَت أيضًا كثافةَ الألم. وتضاف إلى المسافة أيضًا، تقريبًا بشكل آلي، عادة قديمة للحواس. فمنذ صغري تمرنت على أن أتجاهل آلام أمي عندما كان أبي يعذبها. كنت قد أصبحت ماهرًا إلى حد كبير، على الرغم من وجودي معهما، كنت أستطيع

أن أمحو الصرخات والسباب، وأصوات الصفعات والبكاء، وبعض العبارات باللهجة تتكرر كأنها دعاء: «سأقتل نفسي»، «سألقي بنفسي من فوق». تعلمت ألَّا أسمع أبوَيَّ. أما بالنسبة إلى رؤيتهما فكان يكفيني أن أغمض عينيَّ. استخدمت حيلة الطفولة تلك طيلة حياتي، في آلاف الظروف. كانت مفيدة جدًّا لي آنذاك، ولجأتُ إليها كثيرًا. تركتُ فراغًا، بل كنت أصنعُ الفراغ. كانت زوجتي وطفلاي يظهرون في لحظات كثيرة، إلا إنني لم أرَهم أو أسمعهم.

ولكن لم أنجح في ذلك دائمًا. كنت في الخارج عندما وصل إليَّ الخبر بأن زوجتي حاولت الانتحار. صحتُ بيأس:

ـ إلى هذا الحد؟

ولكني لا أعرف حتى الآن ماذا عنيتُ بهذا. ربما كانت عبارة إلى هذا الحد صرختي الصامتة ضد «فاندا». ربما سألتُ نفسي: ما معنى أن تدفع بنفسها لتصبح على بُعد خطوة من الموت؟ أو ربما كانت صرخة لوم لنفسي: «أنتَ أوصلتَها إلى هذا الحد. يجب أن تخجل من نفسك». أو ربما كنت أعترض بصفة عامة على الجنون المنتشر بأن نطالب بكل ما نتمناه، من دون أن نفكر في خطورة ذلك على الآخرين، وفي الألم الذي تسببنا فيه. أخذت أعذب نفسي من القلق. كانت «فاندا» في المستشفى. متى وكيف حدث هذا؟ بأي طريقة يمكن لهذا الحدث أن يترك أثره على «ساندرو» و«آنَّا»؟ بدأت اللحظات تتقارب، وتُحضر

من كان بعيدًا تمام البعد عني لأراه في ضوء جديد. أدركت أنه عليَّ أن أقرر: أن أترك كل شيء، عملي وحياتي، والطريقة التي أعيش بها مع «ليديا»، وأن أسرع لأمحو ذلك الفراغ، وأعيد كل شيء إلى نظامه، أو أن أكتفي بأن أتصل هاتفيًّا، وأستفهم عن حالة «فاندا»، من دون أن أراها، من دون أن أراها والطفلَين بجوارها، من دون أن أعرض نفسي لموجة الانفعالات، من دون أن أضع نفسي في هذه المخاطرة. تأرجحت طويلًا بين الاحتمالين، وبدا لي أنني لن يمكنني أن أطلب النصح من أي شخص، وأن مسؤولية القرار تخصني وحدي. ماذا لو لم تنجُ زوجتي؟ هل كان سيتعين عليَّ الاعتراف بأنني أنا من قتلها؟ كيف؟ هل حطمت حياتها إلى الحد الذي دفعها إلى أن تقرر أنها، بدلًا من أن تتمسك بالحياة وبطفلَيها، من الأفضل لها أن تتخلص منها؟ هل عندما يكبر «ساندرو» و«آنَّا» كانا سينسبان جريمة القتل تلك إليَّ؟ ومن جهة أخرى، هل كان لا بد أن تموت حتى أدرك أنني قد ارتكبت جريمة طويلة المدى، استمرت شهورًا وسنين؟

جريمة، جريمة، جريمة.

لقد شوهت حياة، لقد دفعت امرأة شابة، كانت لديها رغبتي نفسها في أن تحقق ذاتها، إلى أن تعترف بأنها لا تعرف كيف تستمر في الحياة.

آه لا، ما هذا الذي يخطر على ذهني؟! هل تحقيق المرء

لمصيره الخاص جريمة؟ هل رفض المرء التقليل من شأن نفسه جريمة؟ هل هزيمة المؤسسات والعادات الخانقة جريمة؟ يا للعبث.

كنت أحب «فاندا»، لم تكن هناك لحظة واحدة قررت فيها ببرود أن أؤذيها. تصرفتُ بحرص، كذبتُ عليها لأنني بالفعل لم أكن أريدها أن تتألم، ولكن، بحق السماء، ليس إلى الدرجة التي أبداً أنا في التألم أو خنق نفسي لكي لا تختنق هي. ليس إلى هذا الحد.

لم أذهب لأراها. لم أرغب في أن أعرف كيف حالها. لم أكتب إليها. لم أشغل نفسي بالكيفية التي تفاعل بها الطفلان مع الموقف. قررتُ أن أتصرف بطريقة تَفهم من خلالها، بشكل حاسم، الوضع الحقيقي: لا شيء، ولا حتى موتها، يمكنه أن يمنعني من أن أحب «ليديا». «أحب»: بدأت أنطق الفعل في تلك الفترة ـ قبلها كان يبدو لي شيئًا يليق بالروايات الرومانسية ـ في قناعة بأنني أمنحه معنى لم يكن له قَطُّ.

(٧)

عادت «فاندا» إلى توازنها، توقفت عن البحث عني، وسرعان ما توقفت عن الكتابة إليَّ. ولكن في شهر مارس من عام ١٩٧٨

١١٢

أرسلت أنا إليها خطابًا، وسألتها إن كان بإمكاني أن أرى «ساندرو» و«آنَّا» بمفردي.

من الصعب أن أقول لماذا فعلت ذلك. في الظاهر كان كل شيء يسير على أحسن حال. كنت أعيش في روما، وبدأت أعمل باستقرار في التلفزيون. كنت سعيدًا جدًّا مع «ليديا»، ولم تعد زوجتي تضغط عليَّ. كان الطفلان مجرد هزة بسيطة، كنت ألتفت فجأة عندما ينادي صوت طفولي في الشارع: «بابا». ولكن كان شيء آخر يتعقد. ربما لم تكن أيامًا جيدة، وبدأ شعوري بعدم الأمان يعود من جديد. بدا لي أحيانًا أنني لا أتمتع بالموهبة التي كنت أتخيلها. كانت هناك لحظات من المزاج الأسود التي كنت أقنع فيها نفسي بأن نجاحي المتزايد ليس سوى ثمرة مصادفة، وأن الموجة ستنقلب، وأنني سأعاقَب على التعالي الذي أظهرته، متحملًا مسؤوليات لم أكن كفؤًا لها. ولكن ربما كان لـ«ليديا» أيضًا دخل في هذا. بدأت أحبها أكثر وأرى فيها رقة وذكاء وحساسية تزيد شعوري دائمًا بأنني لا أستحقها.

أسألها:

ـ لماذا أنتِ على علاقة بي؟

ـ لأن هذا ما حدث.

ـ هذا لا يعني شيئًا.

ـ ولكن الأمر كذلك.

ـ وإذا حدث أن انتهى كل شيء؟

ـ فلنحاول ألَّا نجعله يحدث.

كنت أراقبها، أحيانًا، من بعيد، في حفلة أو في أي مناسبة عامة. خلال بضعة أعوام لم تعد مجرد فتاة شابة، الآن أصبحت امرأة، محترمة جدًّا، وكانت تبعث قوة من النيران المضطربة التي تشتعل بتحفظ، وتغوي. كنت أفكر وأنا أنظر إليها: سرعان ما ستتركني. كانت تلك الطاقة من الحيوية هي ما اجتاحتني عندما قابلتها، وتسببت لي في الانطلاقة الطموح التي بفضلها أصبحتُ رجلًا ناجحًا. يومًا ما سوف تكتشف أنها لم تقع في حبي أنا شخصيًّا، بل في تأثيرات دفئها على شخصي، وسوف تُدرك أنني لست سوى رجل ضئيل واهن. وكلما رأتني على حقيقتي ستشعر بقوة جاذبية الآخرين. هكذا كنت أفكر، ومنذ فترة وجيزة بدأت أراقب صداقاتها عن كثب. كنت أشعر بالتهديد إذا مدحت هذا أو ذاك أكثر من المعتاد، ولكنني كنت أخشى أيضًا أن أتحول، تقريبًا من دون أن أدرك، من عاشق متحرر إلى سجَّان. وهو تحول ـ كما كنت أعرف جيدًا ـ لا فائدة منه على الإطلاق. سواء أردت أنا أو لا، فإن «ليديا» ستتبع رغبتها وتهلكني، كما اتبعت أنا رغباتي وأهلكت «فاندا». ستخونني، أجل، كان الفعل مناسبًا، وإن لم نكن قد سجلنا تعاهدًا، وإن كانت علاقتنا بلا قيود، وإن لم أكن مُجبرًا على ألَّا أشتهي نساء أخريات ولا هي وعدتني قَطُّ بألَّا تشتهي رجالًا آخرين. كان مجرد التفكير في إمكانية حدوث هذا يدمرني. ستذهب لتعمل،

وستقابل شخصًا آخر يعجبها. سيجذبها أصدقاء أو معارف وستندمج معهم. ستذهب إلى حفل، ستمرح، وتفعل ما يحلو لها. ستشعر بالتقدير من سلطات ذكورية ستستمتع في ظلها بمميزات لم أستطع أنا أن أوفرها لها. لم تفعل الأزمنة الجديدة سوى أنها بسطت حجابًا مبهرجًا على ذلك القديم، الاندفاعات العتيقة تقبع أسفل حُمرة الحداثة. ولكن هذه هي الحياة اليوم، وستعيشها هي حتى الثمالة، لا يمكن لمعاناتي أن تمنعها عن ذلك. لذلك أحيانًا كنت أفقد الرغبة في العمل، القدرة على الإبداع بدأت تخبو، ولا تستيقظ إلا عندما أجد طريقة أقنع بها نفسي أنني مخطئ وأنها تحبني وستظل تحبني إلى الأبد. وإلا ماذا سيكون معنى طريق الآلام الذي تركته خلفي؟

في تلك اللحظات كانت تداخلات اليوم المتقاربة ـ من اجتماعات ومنافسات، وتوترات مستمرة، وهزائم وانتصارات صغيرة، ورحلات عمل، وقبلات وأحضان المساء، والليل والصباح: ترياق رائع لإبعاد الذكريات والندم ـ تتسع بشكل غير ملحوظ. كان الآباء الذين يلعبون مع أطفالهم، أولئك الذين يشرحون باستفاضة في القطارات أو الحافلات، أولئك الذين ليعلِّموا أبناءهم ركوب الدراجات يخاطرون بأن يصابوا بسكتة قلبية وهم يمسكون مقعد الدراجة ويصيحون: «بدِّل، بدِّل»، يفتحون ثغرات. عادت «فاندا» والطفلان ـ المنسيان ـ للظهور من جديد، ليذكروني بأنني، في الأزمنة الفائتة، فعلت أنا أيضًا

الأشياء نفسها. وفي صباح بارد كنت أشعر فيه بأنني محبط بشدة، رأيت في شارع «نازيونالي» امرأة شديدة النحافة، مُهمَلة، تجر خلفها طفليها الشقيين، ولدًا وبنتًا يتشاجران، كانت سنه نحو عشرة أعوام وهي نحو خمسة. نظرتُ إليهم طويلًا: الطفلان يتدافعان ويتشاتمان، والأم تهددهما. كانت ترتدي معطفًا قديمًا، وهما يرتديان أحذية بلا شكل. فكرت: إنها عائلتي التي تعود من النسيان. ورأيت فجأة أن مكاني فارغ بجوارهم، وأقنعت نفسي أن ذلك الفراغ هو ما حوَّلهم إلى ما هم عليه.

بعد ذلك ببضعة أيام كتبت إلى «فاندا»، وأجابتني بعد أسبوعين، عندما كانوا هم الثلاثة قد نُقلوا مرة أخرى إلى قاع أيامي، وكنت في حالة جيدة، وقد طردت الأفكار السيئة بعيدًا. جعلني الخطاب عصبيًا: كتبت أنك في حاجة إلى إعادة أواصر العلاقة بينك وبين طفليَك. أنت تعتقد أنه، بمرور أربعة أعوام الآن، ستواجَه المشكلة بسرور. ولكن ما الذي بقي لمواجهته؟ ألم تكن طبيعة احتياجك محددة بدقة عندما انتزعت نفسك من وسطنا وسرقت منا حياتنا، عندما تركتهما لأنك لم تعد تتحمل المسؤولية؟ على كل حال قرأتُ عليهما طلبك هذا، وقررا أن يقابلاك. أذكِّرك، إذا كنت قد نسيت، «ساندرو» في الثالثة عشرة من عمره، و«آنّا» في التاسعة. سحقتهما الشكوك والمخاوف، فلا تزِد حالتهما سوءًا. وذهبتُ رغمًا عني لمقابلة طفليَّ.

كانت ملحوظة «فاندا» الساخرة ـ «ساندرو» في الثالثة عشرة من عمره، و«آنّا» في التاسعة ـ قد أعدتني لأن أجدهما مختلفَين عما أتذكره عنهما. ولكن لم يكونا مختلفَين فحسب، بل بدَوا لي غريبين ينظران إليَّ كشخص غريب.

أخذتهما إلى مقهى، وملأت المائدة بأطعمة ومشروبات جيدة. حاولت أن أتحدث معهما، ولكن انتهى بي الأمر إلى أن أتحدث دائمًا عن نفسي. لم ينادياني قطُّ «بابا»، أما أنا، من القلق، فنطقت اسميهما ألف مرة. ونظرًا إلى أنني كنت أخشى أن يتذكراني فقط بالزلزال الذي أحدثته في حياتهما، وكيف تسببت في معاناتهما، فقد حاولت، بطريقة غير منتظمة، أن أقدم لهما نفسي كشخص محترم، خلوق الطبع، يقوم بعمل يمكنهما أن يتفاخرا به بين أقرانهما في المدرسة. وبدا لي من نظراتهما المنتبهة، وبعض الابتسامات، بل ومن ضحكة خفيفة من «آنّا»، أنني أقنعتهما. تمنيت لو يطرحا عليَّ أسئلة ليعرفا، على سبيل المثال، ماذا يجب أن يفعلا حتى يتبعا خطاي عندما يكبران. ولكن «ساندرو» لم يقل شيئًا، وسألتني «آنّا» وهي تشير إلى أخيها:

ـ هل حقًّا علَّمته أنتَ أن يربط حذاءه؟

شعرت بالحرج. هل علَّمت «ساندرو» أن يربط حذاءه؟ لم أتذكر. وعندئذٍ، وبلا أي سبب مباشر، لم أعد أندهش

لأنهما غريبان، فشعور الغربة كان متضمنًا في علاقتنا الأصلية. وحتى عندما كنت أعيش معهما، كنت أبًا منشغلًا ولم أشعر بحاجة للتعرف عليهما لكي أعرفهما. الآن، لكي أبدو شخصًا جيدًا، أردت أن أستوعب كل ما يخصهما، أخذتُ أنظر إليهما بانتباه مبالَغ فيه ـ تمامًا مثل الغرباء ـ ملتهمًا كل التفاصيل، في رغبة محمومة لأن أعرف كل شيء عنهما في بضع دقائق. أجبت كاذبًا:

ـ أجل، أعتقد ذلك، لقد علَّمت «ساندرو» أشياء كثيرة، ربما أيضًا أن يربط حذاءه.

تمتم «ساندرو»:

ـ لا أحد يربط حذاءه مثلما أفعل أنا.

بينما قالت لي «آنّا»:

ـ إنه يربطه بطريقة عجيبة. لا أعتقد أنك أنت أيضًا تربطه هكذا. اجتهدتُ لأبتسم، ووضعت على وجهي أطيب تعبير تمكنت منه. كنت متأكدًا من أنني أربط حذائي مثل أي شخص، والطريقة الغريبة التي يصر طفلاي عليها بنبرتين مختلفتين، لا بد أن «ساندرو» كان قد اكتسبها في طفولته عن طريق ما. وفكرت قلقًا، إنه مقتنع بأنه حافظ على علاقة حقيقية معي من خلال طريقته هذه في ربط حذائه، والآن يخاطر بأن يكتشف أنه أخطأ. ماذا يجب أن أفعل؟

نظرت «آنّا» مباشرةً في عينيَّ، وكان يبدو دائمًا على وجهها

أنها مستمتعة، كانت لها حركة تلقائية من فمها تجعلها تبدو سعيدة حتى إن لم تكن كذلك. قالت:

ـ أرِنا كيف تفعل.

وأدركتُ أنها هي أيضًا، على الرغم من أنها تسخر من أخيها، كانت تحاول من خلال قصة الأربطة تلك أن تُثبت أنني لم أكن مجرد شخص عادي يجب أن يُعهد إليه بدور الأب، ولكنه شيء أكبر من هذا. سألت:

ـ هل تريدان أن أريكما، هنا والآن، كيف أربط حذائي؟

قالت «آنّا»:

ـ أجل.

حللت رباط حذائي، ثم أعدتُ ربطه. شددت طرفَي الخيط، وضعتهما في وضع متقاطع ثم وضعت الطرف فوق الآخر، وربطتهما بقوة. نظرت إليهما، كانا ينظران إلى حذائي بفم نصف مفتوح. وببعض التوتر، عدت مرة أخرى لأضع الأطراف في وضع متقاطع، ثم عدت لأضعهما الواحد فوق الآخر، ثم أشد من جديد لأكوُّن عقدة. توقفت، غير واثق. بدأت عينا «ساندرو» تتلألآن من الرضا. قالت «آنّا» بنعومة:

ـ ثم ماذا؟

ثم أمسكت العقدة، وأغلقتها وأنا أجذبها بين أصابعي، ومررتها أسفل نهاية الجزء المتبقي، وكوَّنت ثغرة أخرى وجذبت. قلت لـ«ساندرو»:

ـ هكذا. هل هذه هي الطريقة التي تفعلها بها؟

أجابني:

ـ أجل.

وقالت «آنّا»:

ـ هذا حقيقي، فقط أنتما الاثنان تربطان حذاءيكما بهذه الطريقة. أنا أيضًا أريد أن أتعلم.

قضينا باقي الوقت نربط أربطة أحذيتنا ونفكها، أنا و«ساندرو»، حتى تعلمت «آنّا»، الراكعة أمامنا نحن الاثنين، كيف تربط حذاءها بالطريقة نفسها. ومن حين إلى آخر كانت تقول: «ولكن من السخف عقد الأربطة بهذه الطريقة». في النهاية سألني «ساندرو»:

ـ متى علَّمتني ذلك؟

قررتُ أن أكون أمينًا:

ـ لا أعتقد أنني علمتك هذا، فلقد تعلمتَه وحدك، بالنظر إليَّ. ومنذ تلك اللحظة بدأت أشعر بالذنب أكثر من أي وقت مضى.

كتبَت لي «فاندا» بعد ذلك، وقالت بكلمات عدائية إن الطفلين وجداني سريع الأفول كالمعتاد، وإنني أحبطتهما. لم تكن هناك أي إشارة لمسألة الأربطة. «ساندرو» و«آنّا»، بالتأكيد، لم يذكرا لها ما حدث. ولكنني كنت متأكدًا أن ذلك الربط والفك قد قرَّبنا مرة أخرى، أو ربما قد أخذنا إلى مسافة لم تكن قريبة هكذا منذ أن وُلدا. على الأقل كان ذلك

ما آمله، كنت أريد أن أصدق أن الأمر صار بهذه الطريقة. هناك في المقهى شعرت بهما كطفلَيَّ، أكثر كثيرًا من الماضي، وأدركتُ، أدركتُ بكل ذرة في جسدي، مسؤولية ما نزعته منهما، والألم الذي سببته لهما بخطف اليقينيات العاطفية، وبكيت لأيام وليالٍ، متجنبًا أن تلحظ «ليديا» هذا. ولذلك لم أستطع أن أصدق أنهما قالا لأمهما: «لقد أحبطَنا». ولكن نظرًا إلى أنني كنت متيقنًا أن «فاندا» لم تكذب ـ فهي لا تكذب مطلقًا ـ فكرت في أن مَن كذب هما «ساندرو» و«آنّا»، وفعلا ذلك بغرض طيب. كانا يخشيان أنه، إذا قالا لأمهما إنه كان لقاءً جميلًا، ربما تألمت، فكل معاناة لها ترعبهما، وبالتالي يفضلان أن يخفيا شيئًا جيدًا اكتشفاه عني ليتجنبا أن يضايقها هذا.

في تلك الفترة تذكرت عندما قطعَت أمي رسغها بموسى حلاقة أبي. سال الدم على الأرضية، ونحن الأطفال كنا أول من منعها من أن تقطع الآخر أيضًا. شيء ما، من درع عدم الاكتراث التي بنيتها حولي في الطفولة وبداية المراهقة أمام مشاهد مثل ذلك المشهد، تساقط. هاجمتني الآلام البعيدة لأمي ـ تعاستها، وغضبها، وكراهيتها أحيانًا لزوجها الذي كان يضربها ـ بلا هوادة، وبقوة لم أعهدها قطُّ. ومن تلك الثغرة عبَر أيضًا ألم «فاندا». ولم أشعر فقط، للمرة الأولى، في جسدي كم حطمتها، ولكن أدركت أيضًا، بالقوة غير المحتملة نفسها، أنني في أثناء حرصي

على أن أتجنب صدمة ذلك الألم، تركته ليرتطم بطفلَينا، وربما حطمهما. ومع ذلك كانا يسألان عن الأربطة. هل تربط حذاءك مثلي؟ إنك مُضحك، ولكن هل تعلِّمني؟

(٩)

عدت لأراهما. ظهرتُ في منزلهما في نابولي، في محاولة لمنح استمرارية لزياراتي. استضفتهما في روما. صحبتهما إلى الغداء والعشاء في مطاعم ـ وكان شيئًا جديدًا جدًّا بالنسبة إليهما ـ وإلى أن يناما في الشقة التي كنت قد استأجرتها في شارع «ماتزيني»، حيث كنت أسكن منذ فترة مع «ليديا». أدركت أنه على الرغم من أن النجاح الذي بدأت أحصل عليه أخذ يتضاعف، فإنه لن يستطيع أبدًا أن يبرر آثار الألم الذي تركته خلفي، وعقَّد ذلك حياتي حتى بدأتُ أهمل عملي. ولكن ذلك الألم أصبح الآن في الإيماءات والأصوات، لا يمكن محوه. رفضَت «آنّا»، على الفور، المبادرات اللطيفة من «ليديا»، لتريها بطريقة ممنهجة أنها تكرهها. أما «ساندرو»، فبعد عدة محاولات عابسة لتقبل الوضع، لم يعد يرغب في أن تطأ قدماه منزلًا تسكن فيه امرأة مختلفة عن أمه. طالباني بأقصى درجات الاهتمام، وأرادا أن أكون تحت تصرفهما في

١٢٢

كل لحظة. صرت أعمل قليلًا، أو أتوقف تمامًا عن العمل، ما بدأ يتسبب لي بمشكلات، ولأواجهها اضطررت إلى انتزاع الوقت من «ليديا». لم يعد لحياتي معها ـ الحياة الحرة كما عشناها ـ وجود. وكان عليَّ أن أتعامل مع العقود المتأخرة، وظِلِّ «فاندا»، ونزوات «ساندرو» و«آنّا».

في إحدى المرات قالت لي «ليديا»:

ـ اعتنِ بطفلَيك.

ـ وأنتِ؟

ـ أنا يمكنني أن أنتظر.

ـ لا، لن تنتظريني. لديكِ عملكِ، وأصدقاؤكِ، ستتركينني.

ـ قلت لكَ إنني سأنتظرك.

لكنها لم تكن سعيدة، صارت لديها حياتها المستقلة أكثر فأكثر، من دوني. ولم يكن الطفلان سعيدَين، ولم تبدُ «فاندا» سعيدة، وعلى الرغم من تكريس نفسي للطفلَين، واحترامي الدقيق لكل الواجبات التي تفرضها عليَّ، ظلت هناك دائمًا متطلبات أخرى. قررتُ، على سبيل المثال، أن أرى «ساندرو» و«آنّا»، فقط في منزل نابولي، لأن مدرستهما والأصدقاء هناك، ولكن أيضًا لأنني لم أكن أنوي أن أعقّد حياة «ليديا» أكثر، بالإضافة إلى أن هذا ما كانت تريده «فاندا». كانت تتأرجح بين الحقد والاستقبال الجيد. إذا ضايقتها لأي سبب، تدفعني بعيدًا بِرَد سيىء، ولكن إذا أظهرت خضوعًا، تدعني أمكث في المنزل

بلطف، وتتركني لأعمل، وتمنع الأولاد من إزعاجي، ثم بدأت أيضًا تُعِد لي مكانًا على الغداء والعشاء.

وسرعان ما بدأت لقاءاتي مع «ساندرو» و«آنّا» في بيت «فاندا» تصبح أكثر راحة ـ ومثمرة أكثر أيضًا على صعيد العمل ـ من رؤيتهما في روما. في إحدى المرات التي رحلَت فيها «ليديا» للعمل ـ وكان لا بد أن تمكث في الخارج لمدة أسبوع ـ خضعتُ لإصرار الطفلَين وذهبتُ إلى نابولي، ومكثت هناك ليس لليلة واحدة بل الأيام السبعة كلها. وفي إحدى الأمسيات تحدثنا أنا و«فاندا» طويلًا عن الفترة التي تقابلنا فيها، تقريبًا منذ نحو عشرين عامًا. استلقينا على فراش الزوجية القديم ولكن دون أن يلمس أحدنا الآخر، ونمنا ونحن نتحدث عن تلك الأوقات البعيدة. وعندما رأيت «ليديا» بعدها قصصت عليها ما حدث. كانت مرحلة أشعر فيها بالضيق بسبب التزاماتها في العمل، والتوافق الذي بدأ ينمو حولها، والتسامح الذي تقبل به الوضع المعقد الذي أدخلتها فيه. كانت دائمًا دمثة الأخلاق ولم تكن تتضايق قَطُّ عندما يقتحم الطفلان وزوجتي ـ فنحن لم ننفصل رسميًا، ومِن ثَمَّ لم يكن من الممكن حتى اللجوء إلى الطلاق، ذلك الشيء الجديد ـ حياتنا الخاصة بمكالمات هاتفية طويلة. لم تكن «ليديا» تطالب بشيء، لم تكن تعترض، وكانت تتوتر فقط إذا كان لديَّ شيء لأقوله عن التزاماتها المستُمرة، وجعلني هذا أشك في أنها لم تعد متمسكة كثيرًا

بي، وبعلاقتنا. كنت أتمنى أن تغضب، أن تصرخ، أن تبكي. ولكنها لم تقل شيئًا، أصيبت فقط بشحوب شديد. ثم، من دون أن تتناقش، تركت المنزل الذي استأجرناه، وعادت إلى منزلها الصغير الذي كان لها. وأمام اعتراضاتي وتوسلاتي، ردت ببساطة:

ـ أحتاج إلى مساحتي الخاصة كما تحتاج أنت إلى مساحتك.

عشت لفترة وحدي، ولكنني شعرت بالحزن. عدت إلى نابولي، إلى طفلَيَّ وزوجتي، في البداية لمدة أسبوع، ثم اثنين، ثم ثلاثة. ولكنني لم أتمكن من الاستغناء عن «ليديا». ولعدة أشهر أخذت أهاتفها بطريقة استحواذية، ولكنني حرصت ألَّا يلاحظ طفلاي ولا «فاندا» ذلك. كانت «ليديا» تجيبني على الفور، وتتكلم بحب، ولكن عندما أقول لها إنني أريد أن أراها بشكل عاجل، تنهي المكالمة من دون حتى أن تلقي التحية. قطعَت كل علاقة فقط عندما أنهكني احتياجي إليها والصلابة المتزايدة في علاقتي بـ«فاندا» والطفلَين، واقترحت عليها علاقة سرية، بلا التزام، تكون هي فيها حرة وأكون أنا حرًّا، علاقة مؤسَّسة على متعة المكوث معًا من حين إلى آخر. كانت فترة سيئة للغاية. ولكي أخفف من الألم، كرست كل طاقتي في برنامج تلفزيوني لاقى نجاحًا عظيمًا، وبدأتُ أربح نقودًا كثيرة، وتمكنت من أن أنقل أسرتي إلى العاصمة.

لا أستطيع أن أقول بالتحديد متى بدأتُ أخشى «فاندا»، بل إنني لم أقل هذا لنفسي قَطُّ بهذه الطريقة الصريحة: أنا أخشى «فاندا». إن هذه هي المرة الأولى التي أحاول فيها أن أمنح هذا الشعور تركيبًا وصياغة لغوية. ولكنه شيء صعب. حتى الفعل الذي استخدمته ـ أخشى ـ يبدو لي غير مناسب. استخدمته لسهولته، ولكنه محدود، لا يعبِّر عن الكثير. على كل حال، إذا أردتُ التبسيط، هكذا سارت الأمور: منذ عام ١٩٨٠ حتى اليوم، عشت مع امرأة تعرف على الرغم من قصر قامتها ونحافتها الشديدة وهشاشتها الآن في تركيبها العظمي، كيف تنزع عني كلماتي وقواي، وتعرف كيف تحولني إلى إنسان جبان.

حدث هذا، على ما أعتقد، بالتدريج. قبلتني من جديد، ولكن ليس بالحب الوديع الذي ميز السنوات الاثنتي عشرة الأولى من زواجنا. فعلَت ذلك بطريقة مجهدة جدًّا، وبتعطش للاحتفاء بالذات. كانت تتحدث كثيرًا عن العمل الذي بذلته على نفسها، وكيف أبعدت تمامًا كل التابوهات، وعن إصرارها على أن تكون امرأة بمعنى الكلمة. بدأت هكذا فترة طويلة بدا لي فيها أنها لم تكن تجد لنفسها توازنًا. كان قد أصابها العطب، فلم تهدأ يداها ولا عيناها قَطُّ، وكانت تدخن كثيرًا. لم تكن تريد أن نبدأ نحن الاثنان من جديد من حيث اندلعت الأزمة، وكانت

ترفض أن تحاكي ما كانت عليه. وفرضت عليَّ شيئًا كالسرد اليومي، يهدف إلى أن يوضح لي كيف كانت شابة، وجميلة، وأنيقة، وحرة، أكثر بكثير من الصبية التي تركتُها من أجلها.

أظهرتُ اضطرابي. من شبه المؤكد حاولتُ أن أُفهمها أنني تكفيني رعايتها الهادئة التي كانت في وقت ما، وأنه لا داعي لأن تبذل مجهودًا كبيرًا في كل شيء. ولكنني سرعان ما أدركت أنها تزداد تصلبًا أمام أي إشارة عدم رضا من جهتي. اعتقدت أنها ـ من فخرها بانتصارها ـ ستنسى، وفي الواقع كانت بالفعل تنسى، ولكن ليس كما تخيلتُ. كانت تتجنب أن تواجهني بما فعلته بها، وتترك الإهانات والسباب لتبهت. ولكن ألم تلك الأعوام لم يهدأ، كان يحاول فقط أن يعثر على منافذ أخرى. استمرت معاناة «فاندا»، ومنحَت لمعاناتها شكلًا من أشكال الصرامة. تعاني وتغضب، تعاني وتصبح عدائية، تعاني وتتخذ نبرة يائسة، تعاني وتصبح جامدة. أصبح كل يوم من حياتنا الجديدة تجربة حاسمة، جوهرها هو: «لم أعد الشخصية المريحة التي كنتُها في الماضي، وإذا لم تفعل كما أقول لكَ، ارحل من هنا».

اكتشفت أن مزاجها السيئ هذا يقمعني. إذا كان الألم الذي سببته لها وصل إليَّ بصعوبة، استطعت أن ألحظ على الفور ذلك الجرح المختلف لعذابها، وشعرتُ بثقله ووجعه. رويدًا رويدًا، مُحمَّلًا بشعوري بالذنب، استطعتُ أن أتحكم في

الضيق، أجبرت نفسي على أن أجاملها كثيرًا كل يوم، وانتظرت بصبر أن تتعب من محاولاتها لإثبات ذكائها لي، وصلابة آرائها السياسية، واتقادها في الفراش، وثقتها بنفسها. وجاء ذلك بنتائج جيدة. توقفَت عن إلقاء استشهادات في وجهي، وتنازلَت عن الرغبة في التدمير، وهدأت رغبتها الجنسية، وعادت إلى العناية العاقلة بنفسها. إلا إنها لم تتوقف عن الاكتئاب لمجرد أي تغير طفيف من جهتي. إذا لم أوافق معها على شيء تقلق. كانت ترى في ذلك نوعًا من عدم الرضا، ولا تتحمله: تشحب، وتشعل سيجارة، وهي تسحب أنفاسًا قصيرة ويداها ترتعشان، تدافع عن مواقفها وتدفع الموقف إلى العبث. تهدأ فقط عندما أقول لها في النهاية إنها على حق، وهي اللحظة التي يتغير فيها مزاجها على الفور وتصبح سعيدة وخدومًا بشكل مبالغ فيه. فهمت سريعًا أنها إن كانت في الأعوام السابقة من يتفق دائمًا معي وذلك التناغم يريحها، فإنها الآن تهدأ فقط إذا كان التناغم مبنيًا على أن أكون أنا متفقًا معها. ربما بدت لها كل معارضة من جهتي علامة على أزمة، وكان حذرها يُشعرها باليأس، وكانت تريد أن تكون هي من يلقي بكل شيء في الهواء أولًا. تعلمتُ ألّا يكون لديَّ رأي في ما يخصها، وأن أخفي عنها آرائي، وأن أُظهر دائمًا أنني متفق معها برضا.

هذا حدث، بشكل عام، في العامين التاليين لصلحنا. كانا عامين في غاية التعقيد. ثم عثرت «فاندا» على توازنها. أرادت

أن تعثر على عمل مع أنني كنت أربح جيدًا، وتوظفَت في مكتب أحد رجال الأعمال. وعلى الرغم من أنها ازدادت هزالًا ونحافة، فإنها ضاعفت من طاقتها، ولم تهمل قَطُّ المنزل، ولا أنا ولا الطفلَين. وحرصتُ على ألَّا تزلَّ قدمي قَطُّ. أدعمها بشرود في مشاجراتها في العمل. كنت متفرجًا صامتًا على مضايقاتها لمن يساعدها على تنظيف المنزل، وأحترم النظام الصارم للحياة المنزلية. في كل مناسبة عامة أطلب منها أن تصحبني، وتوافق هي بسرور، تراقب كل شيء والجميع، وعند العودة تفصص قطعة قطعة غرور المشاهير من الرجال، وخصال السيدات اللاتي كن ودودات بعض الشيء نحوي ـ الأصوات الناعمة، والجمال المزيف، والثرثرة المُدعية ـ وهي تسخر ببراعة من بعضهم وبعضهن لتسليني.

القطاع الوحيد الذي حاولت فيه، في أكثر من مناسبة، أن أتدخل كان تعليم الطفلَين. كان يضايقني أنها تفرض عليهما حياة متقشفة جدًّا: لا نفقات زائدة، مشاهدة التلفزيون قليلة جدًّا، القليل من الموسيقى، خروجات مسائية نادرة، دراسة كثيرة. كنت أشعر بالثقل في نظرات «ساندرو» و«آنَّا» اللذين ـ كلٌّ بدوره، لسبب أو لآخر ـ كانا يطلبان مني في صمت أن أستخدم سلطتي لصالحهما. ونظرًا إلى أنني كنت أعتقد أنني عُدت إلى المنزل حبًّا فيهما، في البداية قلت لنفسي: «تصرف كأب، هنا لا بد أن تتدخل، لا يمكنكَ أن تفعل أقل من هذا».

تدخلت، في الواقع، وفعلت ذلك على وجه الخصوص إذا ارتكبا بعض الهفوات، وأجبرَتهما هي على النقاش طويلًا، بهدوء، ولكن بسجنهما بداخل منطقها المتعنت. لم أكن أنجح في التماسك، في تلك الحالات، وكنت أقول رأيي، حتى إذا كنت أفعل ذلك بحرص وأتوسط بحذر. كانت «فاندا» تصمت، وتتركني لأتكلم، ويبتهج الطفلان. تنظر «آنّا» إليَّ بامتنان. ثم بعد ذلك؟ ثم تمر بضع ثوانٍ، وتتصرف أمهما كأنها لم تسمعني، أو كأنني نطقت ببعض الهراء الذي لا يستحق حتى الرد عليه، أو كأنني بلا وجود. تستمر في قهرهما بمناقشات أكثر تضييقًا، وهي تطلب منهما: «قولا بحرية رأيكما، هل أنتما موافقان أم لا؟».

ولكن في إحدى المرات انفجرَت وقالت لي ببرود:

ـ هل أتحدث أنا أم تتحدث أنتَ؟

ـ أنتِ.

ـ إذن اخرج، من فضلك، واتركني لأتفاهم مع ولديَّ.

أطعتها وأحبطتهما، ثم تبعَت ذلك ساعات من العداوة، انتهت في الليل بمشاجرة حقيقية وفعلية.

ـ ألا أصلح أُمًّا؟

ـ لم أقل هذا.

ـ هل تريد أن يُصبحا مثل «ليديا»؟

ـ وما دخل «ليديا» الآن؟

ـ أليست هي الشخص المثالي بالنسبة إليك؟

ـ توقفي.

ـ إذا كنتَ تريد أن يصبحا مثل «ليديا»، لتذهبوا أنتم الثلاثة إليها، فأنا لم أعد أحتملكم.

انسحبتُ، فلم أكن أريدها أن تصرخ، وتبكي، وتتداعى مرة أخرى. كان الألم موجودًا دائمًا، لم ينتهِ قَطُّ. بدأتُ أتظاهر بالانشغال في كل مرة كانت تعذب فيها الولدين بعدد لانهائي من الأسئلة التي تطالب عنها بإجابات متماسكة وأمينة. صار «ساندرو» و«آنَّا» ينظران إليَّ الآن بتشكك. في البداية لا بد أنهما سألا نفسيهما: «مَن يكون هذا الرجل؟ فيمَ يفكر؟ هل سيقرر، أم لا، أن يأتي لنجدتنا صارخًا: «يكفي هذا، اتركيهما في سلام!»؟». الآن لم يعودا يسألان نفسيهما ذلك. ربما فهما أيضًا أن التوازن كذلك. توازن كنت سأستطيع تحطيمه فقط إن كنت على استعداد لأن أجيب عن الكلمات الحاضرة دائمًا على طرف لسان «فاندا» (إما أن تطلعني في كل لحظة على أنك قبلتني بلا شروط، أو الباب أمامك، فلترحل) وأن أقول لها: «اصرخي كما تريدين، لتقتلي نفسكِ والولدين معكِ، فلم أعد أحتملك، سأرحل مَن هنا». ولكنني لم أستطع قَطُّ أن أفعل هذا. فعلت ذلك بالفعل مرة، بلا فائدة.

وهكذا مضت الأعوام بانتظام، وأصبحنا عائلة مستريحة ماديًا، مُحترمة. ربحتُ بعض النقود. ادخرَت «فاندا» بعضها،

بقدرتها الصارمة الأزلية على الادخار، وابتعنا هذا المنزل القريب من نهر «التيفيري». تخرَّج «ساندرو» وتخرجت «آنًا» أيضًا. يتعبان حتى يعثرا على عمل، ويفقدانه باستمرار. يلجآن إلينا طلبًا للنقود، وحياتهما فوضوية. يُنجب «ساندرو» طفلًا من أي امرأة يحبها، لديه أربعة أطفال، ويضحي من أجلهم بكل شيء، ويُعدهم الشيء الوحيد المهم في الحياة. رفضت «آنًا» أن تجلب أطفالًا إلى الدنيا، فهذا يُعد، بالنسبة إليها، أحد السلوكيات الكثيرة غير المتحضرة للنوع الإنساني، بقايا حيوانيته. لا يتقدم هو ولا هي نحوي بطلباتهما، العجيبة أحيانًا، يعلمان أن أمهما هي صاحبة القرار الأخير في كل شيء. عرفاني وأنا أجول في المنزل كروح مسالمة، صامتة تقريبًا. ولم يكونا مخطئين، فقد تحققت حياتي كلها بعيدًا عنهما. في العائلة أصبحت الرجل-الظل، صامتًا دائمًا حتى عندما تحتفل «فاندا» بفرح شديد بأعياد ميلادي أنا، وتدعو أصدقائي أنا وعائلتي أنا. لم تعد هناك أي منازعات. في كل موقف ـ سواء عامًّا أو خاصًّا ـ كنت أصمت أو أشير بنعم وأنا في حالة تغييب مسلية، وتتكلم هي معي بنبرة ساخرة، موحية بقتامة، ولطيفة ظاهريًّا.

أجل سخرية، وأحيانًا أيضًا استهزاء. وكان هذا يحدث دائمًا على الحافة بين التربيت والجلد. إذا نطقتُ، مصادفةً، عبارة خاطئة، أو أطلقتُ نظرة بلا سيطرة، ها هي ذي الكلمات الجافة

تعلِّم عليَّ، وشيء ما بداخلي يجري ليختبئ. أما بالنسبة إلى خصالي واستحقاقاتي، لا أعرف! جعلتنا «فاندا» ـ أنا والولدين، وعاملات النظافة، والأصدقاء، والضيوف ـ نعتقد أنني رجل صالح، ورفيق جيد، وأنني استمتعتُ منذ الطفولة بمواهب عظيمة. ولكنها لم تعبِّر بوضوح قَطُّ عن حماسها تجاه عملي أو نجاحاتي، وإذا عبَّرت في بعض المرات، بفتور، عن امتنانها لهذا النجاح، فعلت ذلك فقط لتؤكد أنه سمح لنا ببعض من الرخاء.

في إحدى المرات، ربما منذ خمسة عشر عامًا ـ كنا في الصيف، في الإجازة، نجول على شاطئ البحر ـ توجهت إليَّ فجأة، ليس بالنبرة المعتادة، بل بجدية:

ـ لم أعد أتذكر أي شيء عنا.

استجمعتُ شجاعتي وسألت:

ـ عنا متى؟

ـ منذ الأزل، منذ اللحظة التي تعرفنا فيها حتى اليوم، حتى موتي.

تجنبتُ الرد عليها، ولم أمزح حتى بخصوص الإطار الزمني الغريب. أنقذني شيء ما يلمع في المياه، كانت عملة بمائة ليرة. التقطتُها وأعطيتها لها لأسعدها. فحصَتها بدقة، ثم ألقَت بها مرة أخرى في البحر.

أعدت التفكير كثيرًا في تلك الكلمات القليلة، هي ربما لا تعني شيئًا، وربما تعني كل شيء. سواء أنا أو هي، نعرف فن التكتم. من الأزمة التي حدثت منذ عدة أعوام، تعلَّم كلانا أننا، لكي نعيش معًا، علينا أن نقول أقل بكثير من المسكوت عنه. ونجح ذلك. ما تقوله «فاندا» أو تفعله إشارة لما تخفيه، وموافقتي المستمرة تكشف أنه لا يوجد أي شيء، لا يوجد أي شيء على الإطلاق، نتفق فيه فيما نشعر. عام ١٩٧٥، وفي أثناء إحدى مواجهاتنا الصريحة بقسوة، صرخت هي فيَّ:

ـ لهذا السبب نشرتَ خاتم الزواج عن إصبعك، كنتَ تريد التخلص مني.

ونظرًا إلى أنني، من دون حتى أن ألحظ، أشرتُ بالإيجاب ـ كان جسدي وقتها قد أصبح خارج السيطرة ـ نزعَت «فاندا» خاتم الزواج من إصبعها وألقت به بعيدًا. اصطدمَت الدائرة الذهبية الصغيرة بالجدار، ثم تزحلقت على الموقد، وسقطت على الأرض وهي تجري كالأحياء أسفل أحد الأثاثات. بعد ذلك بخمسة أعوام، عادت لتظهر مرة أخرى في إصبعها. كان ذلك يعني: «أشعر أنني مرتبطة بكَ من جديد، ماذا عنك؟» كانت للسؤال الصامت نبرة آمرة، ويتطلب إجابة فورية، صامتة أو منطوقة. قاومتُ لبضعة أيام، ولكنني كنت أراها جيدًا وهي

تلف الخاتم حول إصبعها بعصبية متزايدة. كان عرض الإخلاص يفيد على وجه الخصوص لتأكيد نيّاتي. ذهبتُ إلى الصائغ، وعدتُ إلى المنزل بدائرة ذهبية في إصبعي، وبداخلها حُفر تاريخ صلحنا. لم تقل هي شيئًا، ولا أنا. ولكن على الرغم من وجود الخاتم، فقد كانت لي عشيقة تقريبًا على الفور ـ ثلاثة أشهر بعد عودتي إلى المنزل ـ وأخذتُ أخونها بإصرار حتى بضعة أعوام مضت.

لست متأكدًا من السبب الذي لأجله تصرفتُ بهذه الطريقة. من المؤكد أن لمتعة الغواية والفضول الجنسي، والانطباع (غير المبرَّر) أنه مع كل غزل سيشتعل في داخلي من جديد الإبداع المفقود، دورًا في هذا. ولكنني أفضّل دافعًا مراوغًا أكثر، وحقيقيًا أكثر: أردتُ أن أثبت لنفسي أنني، على الرغم من أنني أعدت بناء الزواج القديم، وعدت إلى العائلة، ووضعت الخاتم في إصبعي، فإنني ما زلت حرًّا، ولم تعد لديَّ قيود حقيقية.

لكنني خضعتُ لتلك التجارب بحرص أكبر بكثير. لم تكن هناك امرأة مستعدة لذلك لم أقل لها في اللحظة المناسبة: «أشتهيكِ أجل، ولكن لا بد أن نبرم اتفاقًا واضحًا إذا أردنا أن تكون بيننا صداقة طويلة، فأنا رجل متزوج، وتسببتُ بالفعل مرة في ألم لزوجتي ولابنَي، ألم لا يُحتمل، ولا أريدهم أن يتألموا مرة أخرى. إذن كل ما يمكن أن نسمح به لنفسَينا هو بعض المتعة، لفترة قصيرة وفي سرية قصوى. إذا كان ذلك

يناسبكِ يمكننا أن نستكمل علاقتنا، إذا لا، فلا». ولم أتلقَّ قَطُّ أي إجابات سيئة. كانت الأزمنة قد تغيرت، وتفرض أكثر على غير المتزوجات والمتزوجات أن يحصلن على متعتهن، بسلاسة، مثل الرجال. كانت الفتيات يشعرن بأنهن يتصرفن بالطرق العتيقة إذا كان لهن كثير من العلاقات، والسيدات المتزوجات ولديهن أطفال يعتبرن الخيانة الزوجية خطية تُغتفر، وخدعة ذكورية تهدف لاستعبادهن. كنَّ مِن ثَمَّ يُطلقن شهواتهن، من دون أن ينتظرن أي حب، ومِن ثَمَّ يستمعن إليَّ باستمتاع، كأن مقدمتي تلك بالنسبة إليهن قصة مثيرة. ها نحن إذن في مغامرة. في حالات نادرة، بدا لي أنني سأفقد صوابي، وخشيت أن يبدأ كل شيء من جديد. كان هذا يحدث، خصوصًا، عندما كانت العشيقة هي من تُنهي العلاقة. في تلك الحالات كان يُفتح من جديد الجرح الذي تركته «ليديا»، ولمدة بضعة أسابيع، أو بضعة شهور، أشعر بأنني سأموت.

ولكن هذا لم يحدث، ودائمًا ما أنقذني من الوقوع في إحباطات أخرى هو شبح «ليديا». لم أفقد نفسي خلف أي امرأة أخرى لأنني ظللت مرتبطًا بها. لم أنسَها على الإطلاق، واستمر التفكير في «ليديا» يسبب لي اضطرابًا. لذلك لم يمض عامٍ لم أحاول فيه أن أجد طريقة لأقابلها. وواظبتُ على تتبع تطورات حياتها. ما زالت تدرس في الجامعة، اقتربت الآن من سن

المعاش. تكتب في الصحف، وهي خبيرة اقتصادية مُقدَّرة جدًّا، خصوصًا في أزمنة البطالة والبؤس هذه. تزوجَت منذ ثلاثين عامًا من كاتب، معروف إلى حد كبير، من أولئك الذين يحظون طيلة حياتهم باحترام خاص، ولكن بمجرد أن يموتوا لا يقرأ لهم أحد. إنه زواج ناجح. لها ثلاثة أبناء، كبروا جميعهم الآن، ويعملون في الخارج، في وظائف مرتباتها مجزية، في قطاعات مهمة. أنا سعيد من أجلها، وبأنها عاشت حياة سعيدة. عندما نتقابل ـ في البداية لم تكن ترغب في لقائي، كنت أنتظرها أسفل المبنى، وأتجسس عليها من بعيد، وتغويني ملابسها ذات الألوان المتناسقة دائمًا، ومشيتها الأنيقة، ولكن مع مرور الأعوام استسلمت وأصبحت لقاءاتنا عادة، تقريبًا طقسًا سنويًّا، تسعدني باستمرار ـ تحكي كثيرًا عن نفسها. كانت وما زالَت لقاءات بريئة. أستمع إليها بانتباه. تطورت حياتها بطريقة أكثر كثافة مني، ولكنها الآن، وقد بدأت حالات الرضا تقل أيضًا بالنسبة إليها، تتحدث كثيرًا عن نجاح أبنائها. يعرف زوجها كل شيء عنا. أعتقد أنها تحكي له أيضًا عن شكوايَ كمسن بائس، وعن المضايقات التي تسبب فيها ـ وما زالا ـ «ساندرو» و«آنّا». بينما «فاندا» تجهل أني لم أفقد قطُّ اتصالي بالمرأة التي من أجلها، يومًا ما، منذ فترة طويلة، تركتها. لا أريد أن أتخيل ماذا سيحدث لو عرفت هذا، لم يُنطق اسم «ليديا» تقريبًا منذ أربعة

عقود. أنا متأكد أنها يمكن أن تتسامح مع القائمة الطويلة من عشيقاتي، ولكن ليس مع فكرة أنني أرى «ليديا»، وأنني على اتصال بها، بل ما زلت أحبها.

الفصل الثالث

(١)

استيقظت فجأة. كنت ما زلت في مكتبي، ولكن مستلقيًا على جانبي فوق خطابات «فاندا». كان الضوء الكهربائي ما زال منبعثًا، ولكن الآن، من المصاريع ومن خلال أشعة من الضوء الوردي، بدأ النهار يصل. كنت قد نمت وسط غضب وتوسلات ودموع مضى عليها أربعون عامًا.

جذبت نفسي لأعلى، كان ظهري يؤلمني، ومعه رقبتي ويدي اليمنى. حاولت أن أنهض ولكنني لم أستطع، كان لا بد أن أستند على كفَّيَّ وركبتَيَّ لأتمكن من أن أنهض وأنا أئن، ممسكًا بالمكتبة. كنت أشعر بأن صدري يعصره الحزن، حزن مصدره حلم ما زال يتسبب لي في الدوار. بماذا حلمت؟ كنت هنا، في المكتب المقلوب. وكانت «ليديا» مستلقية على الأرضية وسط الكتب، وتشبه ما كانت عليه منذ أعوام بعيدة. وبالنظر

إليها شعرتُ بأنني مسن أكثر، ولم أشعر بأي سعادة، بل بضيق. وكان منزلي بأكمله يغادر روما، يتحرك ببطء، يهتز بالكاد، كأنه سفينة تسير في قناة. لفترة بدت لي تلك الحركة طبيعية تمامًا، ثم أدركتُ أن شيئًا ما لا يستقيم. كانت الشقة بأكملها تتجه إلى فينيسيا، ومع ذلك، وبعيدًا عن أي منطق، تترك خلفها جزءًا منها. لم أنجح في أن أفهم كيف يمكن أن يكون هناك مكتبان متماثلان في كل التفاصيل، بما في ذلك وجودي ووجود «ليديا»، ولكن أحدهما يمكث بلا حركة منعزلًا، والآخر يبتعد مع المكتب. ثم أدركتُ، بالنظر جيدًا، أن الفتاة الذاهبة معي في رحلة إلى فينيسيا لم تكن «ليديا»، بل فتاة الملف اللولبي. وتسبب الاكتشاف في انقطاع أنفاسي.

نظرتُ إلى الساعة، كانت الخامسة والثلث. قدمي اليمنى كانت تؤلمني أيضًا. رفعتُ المصراع بعناء، وفتحت الباب الزجاجي، وخرجتُ إلى التراس لأوقظ نفسي بحسم بالهواء المنعش. كان هناك غناء مُلح من العصافير، ومربعات باردة من السماء بين البنايات. قلت لنفسي: لا بد أن أتخلص من تلك الخطابات قبل أن تستيقظ «فاندا». لم يكن سيعجبها أن تكتشف أنها ما زالت موجودة، وأن اللصوص أخرجوها مرة أخرى إلى الضوء، وأنها هناك على الأرض، وأنني قرأتها ـ أجل «قرأتها»، وليس «أعدتُ قراءتها» ـ كأنها وصلتني فقط في تلك الليلة. ربما لم تكن تتذكر حتى أنها كتبتها، وستشعر بالغضب،

وسيكون لديها حق. لم يكن شيئًا محتملًا أن تظهر مرة أخرى على السطح أمامها فجأة كلماتٌ وُلدت من عدم توازن ومن زمن وثقافة مضيا. كانت تلك العبارات منها، رغمًا عنها، آثارًا لصوت لم يعد ينتمي إليها. عدت مرة أخرى إلى الحجرة بسرعة، جمعت الخطابات وألقيت بها في القمامة.

عندئذٍ سألت نفسي ماذا عليَّ أن أفعل. أعد لنفسي القهوة؟ أوقظ نفسي بالاستحمام؟ أتأكد أنه لا يوجد مزيد من الوثائق المؤلمة؟ فحصت الحجرة مجددًا بنظري: الأرض والأثاث، أكياس القمامة، الأرفف المخلوعة، والسقف. توقفت أمام مكعب براغ، مكعب أسراري. كان يبرز جدًّا، يبدو أنه على وشك السقوط من مكانه، وبدا لي أن عليَّ دفعه أكثر إلى العمق. ولكن أولًا أرهفت السمع لأفهم إذا كانت «فاندا» ما زالت نائمة. نظرًا إلى أن غناء العصافير كان قويًّا جدًّا يغطي على أي صوت آخر، فتحت بابًا خلف الآخر وأنا حريص على أن تتحرك المقابض أقل درجة ممكنة، وعلى أطراف أصابعي ذهبت إلى حجرة النوم. لمحت زوجتي في الظل، كانت امرأة عجوزًا صغيرة الحجم تنام بفم شبه مغلق، وأنفاسها هادئة. وخطر ببالي أنها ربما تحلم، وتشعر ببعض الانفعالات. لا بد أنها وضعت جانبًا المنطق الذي دافعت به عن نفسها مني ومن طفلَيها ومن العالم طوال حياتها، والآن استسلمت لنفسها. ولكنني، عن اضطرابها الداخلي هذا، لم أكن أعرف شيئًا،

ولن أعرف أي شيء. قبَّلتها على جبهتها. توقفَت هي لثانية عن التنفس، ثم عادت من جديد.

أغلقتُ بالعناية نفسها الأبواب كلها خلفي مرة أخرى، وعدت إلى المكتب. فتحت المكعب الأزرق وأنا أضغط بقوة على أحد جوانبه. كان فارغًا.

(٢)

حوى مكعب براغ، لعقود، نحو عشرين من الصور البولارويد المُلتقَطة بين ١٩٧٦ و١٩٧٨. ابتعت آلة التصوير تلك، وفي تلك الفترة كنت ألتقط صورًا لـ«ليديا» باستمرار. بينما كانت آلات التصوير العادية تُلزم من لا يستطيع تحميض الأفلام بنفسه الذهاب إلى المصور، وبالتالي وضع حياته الخاصة تحت أنظار شخص غريب، فإن ميزة تلك الآلات أنك كنت تلتقط الصورة وتطبعها على الفور. كانت «ليديا» تسرع وتأتي بجواري لنشهد معًا المعجزة، أن يخرج جسدها النحيف من خلف الضباب الكثيف لمستطيل صغير من الورق الذي لفظته الآلة. التقطت عديدًا من الصور البولارويد في تلك الأعوام. عندما عدت إلى «فاندا»، أحضرتُ معي تلك الصور التي بدا لي فيها، وأنا أصور «ليديا»، أنني أصور متعة أن أكون على قيد الحياة. وفي كثير من تلك الصور كانت عارية.

١٤٢

مكثت على قمة السلم كأنني مذهول. ولسبب ما، تعبت في محاولة تفسيره لنفسي، عاد إلى ذهني «لابِس»، الذي لم أفكر فيه طوال الليل. قال الشرطي الشاب ضاحكًا إنه ذهب إلى خطيبته. يضحك الناس دائمًا من الجنس، حتى إن كانوا جميعًا يعلمون أنه أمر يمكن أن يثير الخلاف ويتسبب في التعاسة، ويولد العنف، ويؤدي إلى الاكتئاب وإلى الموت. من يدري كم من الأصدقاء والمعارف ابتسموا أو ضحكوا عندما رحلت من المنزل؟ تسلوا (خرج «آكدو» لِيُمتع نفسه، هاهاها) تمامًا كما فعلنا «ناضار» والشرطي وأنا عندما فكرنا في نزهات «لابِس» الإيروتيكية. ولكنني عدتُ، و«لابِس» لا، ليس بعد. لا أثر لأي مواء، فقط غناء العصافير. فكرتُ في «فاندا». نظرَت إليَّ بضيق، ولم تضحك على نكتة الشرطي. بالنسبة إليها خُطف «لابِس»، وعاجلًا أو آجلًا سيطلب اللصوص فدية. ولكن لا أحد منا نحن الرجال أخذ نظرية السيدة العجوز على محمل الجد، وخصوصًا الشرطي: لا يخطف الغجر القطط ليعيدوها في مقابل نقود. أكيد ـ هكذا قلت لنفسي وأنا أقف على قمة السلم ـ الغجر لا. وبدا لي أنني فهمتُ لماذا تذكرت «لابِس» فجأة. الصور والقط تتشارك في الإيروتيكية والاختفاء. فاللصوص لم يكونوا مجرد صبية من الغجر ولم يستهدفوا فقط بعض السلاسل. كانوا يقلبون المنازل بحثًا عن نقاط ضعف السكان، ثم يظهرون ويطالبونهم بنقود.

فكرت مرة أخرى كيف اهتمت فتاة الملف اللولبي بالقط، وكيف أن نظرتها المتقدة مشطت من فوق إلى تحت الكتب والتحف والمكعب الأزرق، وقد لمحت ذلك الأخير بسرعة، على الرغم من أنه كان في الأعلى وفي موضع لا يظهر بوضوح. قالت إن لونه جميل. يا لها من عين مدرَّبة. شعرت بالغضب يصعد إلى رأسي، وحاولت أن أهدئ نفسي. في عمري من السهل تحويل مجرد شك إلى فرضية مؤسَّسة على يقين مطلق، ثم يتحول اليقين المطلق إلى استحواذ. نزلتُ بحرص، درجة تلو الأخرى. خطورة تلك الفرضية هي أنها يمكن أن تدفعني بعيدًا عن الطريق الصحيح. لا بد أولًا أن أتأكد أن لا شيء أكثر وضوحًا، ومِن ثَمَّ خطورته فورية أكثر، قد حدث. إن اللصوص ـ وطردتُ الفتاة بعيدًا بقوة الإرادة، وعدتُ إلى استخدام اسم عام ـ عثروا على المكعب، ونجحوا في فتحه، ولكن ربما أقصى ما فعلوه هو أنهم ضحكوا قليلًا ثم ألقوا بالصور بين آلاف الأشياء الأخرى المقلوبة من الأرفف والمخازن. كان هذا هو الشيء المحتمل أكثر. وقلت لنفسي إنني، في هذه الحالة، لا بد أن أعود على الفور لأفتش كل شيء، هنا وفي كل الحجرات الأخرى. لا يجب أن تعثر «فاندا» على الصور البولارويد، ستكون مأساة. ماذا سيكون معنى خضوع كل تلك السنوات، وآلاف الاحتياطات، والقمع المستمر، إذا انتهى أمرنا الآن ـ في النهاية وفي سن الشيخوخة، ونحن هشَّان إلى

درجة كبيرة، وكل منا في أَمَسِّ الحاجة إلى مساعدة الآخر ـ إلى أن يذبح كل منا الآخر؟ أخذت أعيد فحص كل زاوية بحرص، وبدأت أفتش بين الأشياء المتراكمة بجوار المكتبة، متمنيًا أن أكتشف أن الصور كانت تحت عينيَّ طوال الليل من دون أن أدرك.

ولكن كلما فتشتُ شردتُ. كنت أفكر في «ليديا» وفي وقتنا السعيد. لو عثرت على الصور لألقيتُ بها في القمامة كما فعلت مع الخطابات. ولم أكن أتحمل فكرة أنها اختفت إلى الأبد، وأنني لن أستطيع أبدًا، من حين لآخر، عندما أكون بمفردي في المنزل، أن أنظر إليها، وأفرح، وأتعزى، وأحن، وأشعر بأنني، على الأقل في فترة وجيزة من حياتي، كنت سعيدًا. فمنذ فترة طويلة بالفعل كان يبدو لي أن فرح تلك الفترة، وأنفاسه الخفيفة بلا أي بقايا مسمومة، هي مجرد خيال الشيخوخة، تهيؤات مخ ينقصه الأكسجين. ماذا سيحدث بعد ذلك؟ أخذت أفتش بمزيج متناقض من الحماس وعدم الرغبة، واقتنعت بأن الصور لم تكن في المكتب ولا في غرفة المعيشة. إذن؟ بعد قليل ستنهض «فاندا»، وبكفاءة أكبر بكثير مما لديَّ ستهتم بالتنظيم. لم تكن نظرتها تشرد ضائعة في الخيالات، وكانت دائمًا يقظة. يمكن أن تكون الصور البولارويد في حجرة النوم، أو في حجرتَي «ساندرو» و«آنَّا» السابقتين. إذا عثرت عليها هي، لن تكتشف فقط أن «ليديا» لم تُنسَ قَطُّ، وأنها استمرت بمرور العقود داخلي

شبابًا لا يُلمس، بينما هي كانت تشيخ بين يدَيَّ وتحت أنظاري، ولكن سيحدث أيضًا أنني في أثناء محاولة تهدئتها سيكون عليَّ أن أدمر الصور في وجودها، سيكون عليَّ أن أحرقها في الموقد من دون حتى أن ألقي عليها نظرة أخيرة.

فتحتُ الأبواب من جديد بلا ضوضاء، ودخلت إلى غرفة «آنّا». هناك أيضًا، يا للدمار. أخذت أبحث بين مئات البطاقات البريدية، وقصاصات الصحف، وصور الممثلين والمغنين، والتصميمات المليئة بالألوان، والأقلام التي لا تكتب، والمساطر، والمساطر الهندسية، كل شيء. ثم سمعتُ باب غرفة النوم يُفتح وخطوات «فاندا»، وظهرَت على باب الغرفة شاحبة وعيناها منتفختان:

ـ هل عثرتَ على «لابِس»؟

ـ لا، كنت سأوقظك على الفور.

ـ هل نمتَ؟

ـ قليلًا فقط.

(٣)

تناولنا الإفطار، كالعادة من دون أن نقول تقريبًا أي شيء. حاولتُ فقط، في لحظة ما، أن أعيدها إلى الفراش، ولكنها

١٤٦

رفضت. وعندما أغلقَت على نفسها الحمام، تنفستُ الصعداء، وأخذتُ بسرعة وعصبية أبحث في غرفة «ساندرو» القديمة. ولكن لم يكن الوقت كافيًا، وظهرت «فاندا» من جديد بعد عشرين دقيقة، وما زال شعرها مبللًا، وعلى وجهها علامات البؤس، إلا إنها كانت على استعداد لأن تعيد تنظيم البيت من أوله إلى آخره.

سألتني بارتباك:

ـ عمَّ تبحث؟

ـ لا شيء، أرتب.

ـ لا يبدو لي هذا.

كانت تشعر بأنني أعرقلها. لم تثق قطُّ بمساعدتي، كانت دائمًا مقتنعة أنها تفعل الأشياء أسرع وأفضل بمفردها. أجبتها شاعرًا بالإهانة:

ـ هل رأيتِ كيف نظمت حجرتَي المعيشة والمكتب؟

ذهبت لترى وبدت غير راضية.

ـ هل أنتَ متأكد أنك لم تُلقِ بشيء نحتاج إليه؟

ـ لقد ألقيتُ فقط بالأشياء المدمَّرة.

هزت رأسها غير مقتنعة. خشيت أن ترغب في التفتيش داخل أكياس القمامة. قلت لها:

ـ ثقي بي.

تمتمَت:

ـ إن الأكياس هنا تسد الطريق، خذها إلى صناديق القمامة.

توترتُ، فلم أكن أرغب في تركها بمفردها في المنزل. كنت أنوي أن أمكث خلفها، وإذا كانت الصور في مكان ما، أصل إليها قبلها. قلت لها:

ـ ربما من الأفضل أن تساعديني، لأنها كثيرة.

ـ انزل أكثر من مرة. لا بد أن يبقى أحدنا هنا.

ـ لماذا؟

ـ ربما اتصلوا.

كانت ما زالت تصدق أن اللصوص سيظهرون وسيعيدون «لابِس». وتمكنَت مني قناعتها، وعدت مرة أخرى لأشك في فتاة الملف اللولبي. ربما اتصلَت هي. ربما لا، ربما اتصل شريكها المحتمل، رجل السترة المصنوعة من الجلد الصناعي. قلت:

ـ سيرغبون في التحدث معي.

ـ لا أعتقد.

ـ عادةً يتحدثون مع الرجل.

ـ هراء.

ـ هل أنتِ مستعدة بالفعل لأن تدفعي من أجل القط؟

ـ هل تريدهم أن يقتلوه؟

ـ لا.

كانت أصوات الفتاة والرجل، السخرية والضحكات، في رأسي. كانت تقول: «نريد هذا المبلغ من أجل القط، والمبلغ

الآخر من أجل الصور». «وإذا لم أدفع؟». «إذا لم تدفع أطلعنا زوجتك على الصور». طبعًا يمكنني أن أجيبهم: «تلك الفتاة هي زوجتي في شبابها»، ولكنهم سيعاودون الضحك، ويجيبون: «إذن لا توجد مشكلة، سنعيدها إلى امرأتك مع القط». وهكذا، كل شيء متوقَّع. حاولتُ أن أكسب بعض الوقت، تنهدتُ:

ـ كم من العنف حولنا.

ـ كان موجودًا دائمًا.

ـ ولكنه لم يصل قَطُّ إلى منزلنا.

ـ أهذا رأيك؟

لم أُجب، وقالت هي فجأة:

ـ هل يمكنكَ أن تسرع؟

انحنيت لألتقط قطعة من الزجاج لم أرَها من قبل.

ـ ربما يكون من الأسهل أن ننظف المنزل بأكمله أولًا، ثم نأخذ القمامة كلها إلى أسفل.

ـ أحتاج إلى مساحة. اذهب.

وضعتُ الأكياس في المصعد، وفي النهاية لم يكن هناك مكان لي. نزلت على قدميَّ حتى الدور الأرضي، وضغطت على زر المصعد، فنزلت الكابينة. سحبتُ الأكياس حتى صناديق القمامة. كانت ضخمة ومنتفخة، ولم تدخل لا في صندوق الورق، ولا في ذلك الخاص بالزجاج والبلاستيك، ولا في أي شيء. كنتُ سأضطر إلى أن أختار المواد واحدة واحدة. تركت كل شيء.

تركت الأكياس على الأسفلت، في وضع منظم، الواحد بجوار الآخر، متمنيًا ألّا يكون «ناضار» قد رآني من النافذة.

كان الجو حارًّا، ومسحت عرقي. ذكَّرتني نظرة «ناضار» الافتراضية بنظرات أخرى. مَن يضمن لي أن اللصوص سيتصلون هاتفيًّا؟ ربما كانوا موجودين بالفعل في مكان ما يراقبونني. هذا الشاب الملون المستند إلى إحدى السيارات النادرة، الآدمي الوحيد الموجود في الشارع الخالي، ألا يمكن أن يكون أحدهم؟ عدت إلى البوابة وأنا أراقب الشاب بطرف عيني. كنت أشعر بنبضي يتسارع، وبإحساس بالتورم في كل جسدي، وبألم في رقبتي. للمرة الأولى تمنيت أن يظهر «ساندرو» أو «آنَّا» فجأة، وأن يساعداني، وعلى وجه الخصوص أن يجذباني بعيدًا عن دمي المسن، وأن يسخرا مني بحب كما يفعلان عادةً: «إنك تبالغ، فأنت ترى الخطر والمؤامرات في كل مكان، لا تستطيع أن تعيش في الواقع، ما زلت مستمرًّا في رأسك في كتابة الأفلام التلفزيونية كما فعلت حتى عشرة أعوام مضت».

عدتُ إلى المنزل متوترًا، ستكفي نظرة واحدة لأفهم إذا كانت «فاندا» قد عثرت على الصور في تلك الأثناء. أعددت في عجلة بعض كلمات الاعتذار لأستخدمها عند اللزوم: «لا أعرف عنها أي شيء، من يدري كيف ظهرت فجأة هكذا، أعطني إياها لأذهب وألقي بها أيضًا». وفكرت أن أصر أيضًا

على احتياجنا إلى التنظيم، فالمنزل، وقد تحول إلى ذلك الوضع، يبدو مشجعًا على إلقاء مزيد من الأشياء في الهواء. بدت «فاندا» أيضًا مؤيدة لذلك الرأي، نظرًا إلى أنها استيقظت هكذا باكرًا، مستعدة للعمل. ولكن عندما نظرتُ إلى غرفة المعيشة، لم يبدُ لي أنها قد فعلت الكثير. فاجأتُ زوجتي وهي تبحث في زاوية ما، كأنها فقدت شيئًا ما. وبمجرد أن سمعَتني اعتدلَت وشفتاها مضمومتان، وهي تفرد رداءها الخفيف بيديها.

(٤)

أصبح اليوم شديد الحرارة. تركتُ لـ«فاندا» حجرتَي المعيشة والمكتب، وذهبتُ لأنظم حجرتَي «آنّا» و«ساندرو». وعهدت لنفسي بالمهمة بمفردي، لأبحث عن الصور بهدوء. لم أسمع صوت زوجتي قطُّ، ولا حتى أي ضوضاء صادرة منها، وبعد فترة انتقلتُ لأفتش في غرفة النوم، والحمام. عندما اقتنعتُ بأن الصور لم تكن في أي مكان، عدت إلى غرفة المعيشة. وجدتُ زوجتي جالسة عند عتبة الشرفة المفتوحة على مصراعيها، تنظر إلى الخارج. لم تفعل أي شيء طوال ذلك الوقت، كانت الحجرة على الحالة التي تركتها عليها. سألتها:

١٥١

ـ هل أنتِ بخير؟

ـ في أحسن حال.

ـ هل هناك شيء خطأ؟

ـ كل شيء.

قلت بـأكثر نبرة حنون أستطيعها:

ـ سترين أننا سنستعيد «لابِس».

التفتت لتنظر إليَّ.

ـ لماذا قررت أن تطلعني الآن على سبب تسميته هكذا؟

ـ لم أخفِ عليكِ ذلك قَطُّ. إنه حيوان المنزل وأسميته «لابِس». ماذا يسيء في هذا؟

ـ أنت كاذب، كنت دائمًا كاذبًا، ومستمر حتى في شيخوختك في الكذب.

ـ لا أفهمك.

ـ أنت تفهمني جيدًا جدًّا، القاموس اللاتيني هناك، على الأرض.

لم أجبها، فـ«فاندا»، عندما تريد متنفسًا، تنطلق دائمًا من أشياء صغيرة بلا معنى. ذهبتُ إلى الزاوية التي أشارت إليها بإيماءة ضعيفة، وعلى الأرض، بين كتب أخرى في حالة جيدة، كان القاموس اللاتيني، مفتوحًا على الصفحة التي يظهر فيها الاسم الذي منحته للقط منذ ستة عشر عامًا. صدفة. بدا لي في البداية أن «فاندا» نفسها لم تمنح الأمر إلا ثقلًا خفيفًا. حدثتني من دون

نبرة السخرية المعتادة، بصوت كان مجرد وسيلة لنقل الكلمات، كأنها لا تبالي بالمعنى.

تمتمت، وهي تنظر من جديد من درابزين التراس:

ـ القاموس كان مفتوحًا على حرف اللام، وأسفل كلمة «لابِس» خط بالقلم، كما أيضًا معانيها، الواحد تلو الآخر. زلة، هوة، سقطة، خراب. مزحة من مزحاتك. كنتُ أنادي على القط بحنان، وأنت تتسلى بأن تسمع كيف أن الاسم، من غير علمي، يتردد في أنحاء المنزل بكل ما يحمله من معانٍ سلبية: كارثة، حظ سيىء، قذارة، خزي، عار. عار، هذا ما كنتَ تجعلني أردد. كنتَ دائمًا هكذا، تتظاهر بأنك حنون وفي الوقت نفسه تنفس عن مشاعرك السيئة بطرق عارضة. لا أدري متى أدركتُ أنك هكذا جُبلت. مبكرًا في كل الأحوال، منذ عقود، ربما حتى قبل أن نتزوج. إلا إنني على الرغم من ذلك ارتبطتُ بك. كنت شابة، وشعرتُ بالانجذاب، لم أكن أعرف كم يمكن أن يكون الانجذاب وقتيًّا. لأعوام لم أشعر بالسعادة، ولا حتى بالتعاسة. فهمتُ متأخرًا أن الآخرين يثيرون فضولي مثلما أثرت أنت فضولي، لا أكثر ولا أقل. كنت أنظر حولي باضطراب. في كل فرصة ـ هكذا كنت أقول لنفسي ـ يمكنني أن أعثر على حب: إنه مثل المطر، نقطة تصطدم بنقطة أخرى مصادفةً، ويتكوَّن جدول صغير. يكفي أن يصر المرء على فضوله

المبدئي، والفضول سيتحول إلى انجذاب، والانجذاب سينمو ليقود إلى الجنس، وسيفترض الجنس التكرار، والتكرار سيؤسس ضرورة وعادة. ولكنني كنت أعتقد أنني لا بد أن أحبك أنت فقط وإلى الأبد، ولذلك كنت أنظر إلى الناحية الأخرى، ومكثت خلف الطفلَين، ونزواتهما. يا له من غباء. وإذا افترضنا أنني أحببتك بالفعل ـ واليوم لست متأكدة، فالحب هو وعاء ندس بداخله كل شيء ـ فلم يستمر ذلك طويلًا. من المؤكد أنه، بالنسبة إليَّ، لم يكن لك وضع خاص، ولا حتى عاطفي. ولكنك سمحت لي فقط بأن أعد نفسي امرأة ناضجة: العيش في علاقة، والجنس، والأبناء. عندما تركتني، تألمتُ بالأخص لما ضحيتُ به، من ذاتي، بلا جدوى. وعندما قبلتك من جديد في المنزل، فعلتُ ذلك لأستعيد ما أخذتَه مني. ولكنني سرعان ما أدركت أنه، في خضم الانفعالات والرغبات والجنس والمشاعر، كان من الصعب أن أستقر على ما يجب عليك أن تعيده إليَّ بالتحديد، لذلك فعلتُ كل ما أستطيعه لأعيدك لـ«ليديا». لم أصدق قَطُّ أنك ندمت، وأنك أدركت أنك تريدني أنا فقط ولا تريد أخرى. كنت أفكر في كل يوم كم خدعتني، فأنت لم تشعر قَطُّ بأي شيء تجاهي، ولا حتى ذلك الشعور بالقرابة وبالتعاطف الذي يمنع الإنسان من أن يمكث ويداه معقودتان بينما شخص آخر يعاني حتى

الموت. لقد أظهرتَ بكل الطرق أنك تحب «ليديا» كما لم تحبني قَطُّ، وكنت أعرف وقتها أنه إذا أحب رجل امرأة لا يعود مطلقًا إلى زوجته بدافع الحب. ومِن ثَمَّ قلت لنفسي: لنَرَ حتى متى سيقاوم قبل أن يهرب مرة أخرى إليها. ولكن كلما عذبتُك خضعتَ. «لابس»، أجل، لديك حق. مرت علينا الأعوام والعقود في تلك اللعبة، وصنعنا منها عادة: أن نعيش في كارثة، ونستمتع بالمهانة، كان هذا ما يربطنا. لماذا؟ ربما بسبب الطفلَين. ولكن هذا الصباح لم أعد متأكدة، أشعر باللامبالاة تجاههما أيضًا. الآن وأنا أقترب من أعوامي الثمانين، يمكنني أن أقول إنه لا شيء يعجبني في حياتي. لم تعجبني أنتَ، ولم يعجباني هما، ولا تعجبني نفسي. ربما لهذا شعرتُ باليأس الشديد عندما رحلتَ. شعرتُ بالغباء، إذ لم أستطع أن أرحل أنا قبلك. وأردت بكل الطرق أن تعود إليَّ لأستطيع أن أقول لك: «الآن أنا التي سترحل». ولكن انظر، ما زلتُ هنا. بمجرد أن تبذل مجهودًا لتقول شيئًا ما بوضوح، تُدرك أنه واضح فقط لأنك بسطته.

كان ذلك حديثها، تقريبًا، بوجه عام، اختصرته أنا بكلماتي. للمرة الأولى منذ أن تصالحنا أجبرَت نفسها على أن تكون واضحة، ولكن من دون أن تبدي أي تورط. من حين إلى آخر، كنت أوقفها بنصف عبارات فاترة من الاعتراض، ولكنها

لم تسمعني، أو لم تُرد أن تسمع. أخذَت تتحدث كأنها تتحدث فقط مع نفسها، وعند لحظة ما حتى آخر الحديث اعتزلت أنا أيضًا. لم يكن في ذهني سوى سؤال واحد: لماذا قررَت أن تتحدث معي بهذه القسوة؟ كيف لا تُدرك أن كثيرًا من تلك الكلمات يمكن أن تكون عواقبه شديدة الوخامة على شيخوختنا؟ أجبت نفسي: «لا تفزع، فهي مختلفة عنك، فهي ليست لديها المخاوف نفسها التي كانت لك في طفولتك، ولهذا السبب تستطيع أن تتجاوز الحدود، بل يمكنها ألّا تبالي أكثر مع التقدم في السن، ستستمتع أكثر بالمبالغة، وستكرر باستمرار هذا الحوار القاسي، لذلك اصمت، لقد حطموا منزلها، وهي متعبة، يغضبها التعب الذي ينتظرها، وفي هذه اللحظة تكفيها دفعة صغيرة لتترك كل شيء على ما هو عليه وترحل. لذلك إذا كان عليك بالفعل أن تتحدث، اقترح عليها أن تتصل بأحد ليساعدها في العمل، وأقنعها بأن مصاريف ذلك لن تكون باهظة، وذكِّرها بأن عظامها هشة، وبأنها يجب ألّا تتعب كثيرًا. حاول إذن أن تغير الموضوع، وأن تتظاهر باللاشيء، حاول أن تحمي الأيام والشهور والأعوام المتبقية لك».

لا أعلم كم من الوقت تحدثت زوجتي معي: دقيقة، اثنتين، خمسًا. من المؤكد أنها عندما رأت أنني لا أفعل شيئًا، في لحظة ما نظرت إلى الساعة ونهضت وقالت:

ـ سأذهب لأبتاع بعض المشتريات. انتبه للهاتف ولهاتف الاتصال الداخلي.

أجبتها بسرعة:

ـ اذهبي ولا تقلقي. وإذا عاد اللصوص للظهور، سأتصرف أنا، وسنستعيد «لابِس».

لم تُرُد. ولكنها عندما عادت مرة أخرى، وهي مستعدة للخروج ومعها حقيبة الشراء، تمتمت:

ـ فُقد القط.

كانت تريد أن تقول إنها فقدت كل أمل في استعادته، على ما أعتقد. وبينما كانت تعبر غرفة المعيشة والمدخل وتفتح باب المنزل، شرحَت لي أنني لا بد أن أنتبه للهاتف ولهاتف الاتصال الداخلي، ليس من أجل مكالمة متوقعة من اللصوص، ولكن لأن أسبوعين مرَّا والشركة التي استأجرت منها جهاز التحفيز الإلكتروني لا بد أنها سترسل شخصًا في خلال اليوم لاستعادته.

قالت وهي تغلق الباب خلفها:

ـ لا تدعهم يسرقون منك نقودًا أخرى.

ولكن إذا كانت هي لم تعد تصدق فرضية الفدية، أنا، من يعلم عن اختفاء الصور البولارويد، أدركت أنني أصدق الأمر أكثر من الأول. ليس هذا فقط، ولكنني سألت نفسي: من سيأتي ليأخذ المنشط؟ هل هو أي ساع أم من جديد الفتاة ذات العينين الحادتين؟ وعلى الفور لم تعد لديَّ شكوك في أنها هي من سيمر من جديد. مضى الوقت، وعادت زوجتي، أخذت تطهو شيئًا ما. تظاهرتُ بالهدوء، ولكنني كنت أشعر بتوتر شديد، وأصابني الصداع. كنت أرى بالفعل الفتاة على العتبة، ستكون هي من سيقول لي: «لدينا «لابِس»، ولدينا الصور، وهذا هو المبلغ المطلوب». سأسألها: «وإلا؟»، «وإلا»، ستجيبيني الفتاة ـ بل أجابت، أجابت، أجابت ـ «وإلا سنقتل القط، والصور سنسلمها لمن يهمه الأمر». وبدا لي، بينما آكل بعض جبن «السترا كينو»، أن قلبي متضخم جدًّا في صدري.

بعد الغداء، بدت «فاندا» ـ ربما بسبب ما أفضَت به ـ كأنها صافية، وعادت إلى طبيعتها. بمنهجية، ومن دون أن تتوقف قَطُّ، أعادت تنظيم المطبخ، وغرفة النوم، وغرفة «آنّا»، وغرفة «ساندرو»، ووضعت أيضًا قائمة تفصيلية لما يجب إصلاحه. كانت تقاول نجارًا تثق به في الهاتف، وتتناقش معه في النقود عندما سمعتُ صوت جرس هاتف الاتصال الداخلي. ذهبتُ لأجيب. صوت امرأة قال لي إنها يجب أن تستعيد الجهاز. هل كانت الفتاة نفسها التي جاءت منذ أسبوعين؟ من الصعب تحديد

ذلك، لم تقل سوى كلمات قليلة. فتحت لها الباب، وجريت إلى النافذة التي تطل على الشارع، وتطلعت. كانت هي، تمسك الباب مفتوحًا بيد، ولكن لم تقرر الدخول، تتحدث مع رجل لا يظهر منه سوى كتفيه، مختبئٍ جزئيًا أسفل أغصان الماجنوليا. بدأتُ أتنفس بصعوبة، يحدث هذا كثيرًا عندما أتوتر. ومن موقعي لم أعثر على أي شيء يؤكد لي أنه نصاب سُترات الجلد الصناعي، إلا إن دمي بدأ يثقل ويتسبب في دواري. كنت أتمنى ـ ولكن في الوقت نفسه أخشى ـ أن يكون هو. فيمَ كانا يتناقشان؟ ماذا ستكون خطتهما؟ هل ستصعد الفتاة وسينتظرها الرجل في أسفل؟ لا، بدا أنهما قررا أن يصعدا معًا. كل قصة هي طريق مسدود، وتصل دائمًا إلى لحظة مثل هذه. ما الفعل إذن؟ العودة إلى الوراء، أم البدء من جديد؟ حتى إن كنا بالفعل مسنين، هل نعرف أن كل قصة مكتوب لها، إن آجلًا أو عاجلًا، أن تصطدم بالكلمة الأخيرة؟ شعرتُ بوضوح بالخوف نفسه الذي كان يعتريني عندما كان أبي يقرر أخيرًا أن يلحق بنا على العشاء. كنا بالفعل نجلس على المائدة منذ فترة، ونسمع خطوات قدميه المؤلمة في الممر. ترى كيف كان مزاجه؟ جيدًا؟ سيئًا؟ ماذا سيقول وماذا سيفعل؟ صاحت زوجتي ـ وقد توقفت عن التحدث في الهاتف، ولكن لا بد أنها لم تسمع صوت الجرس الداخلي ـ من حجرة النوم:

ـ من فضلك، هل يمكن أن تأتي للحظة؟ هل تساعدني في تحريك الخزانة؟

الكتاب الثالث

الفصل الأول

(١)

تركتنا أمنا على بُعد أمتار من المقهى. كم كانت سني وقتها؟ تسعة؟ كان «ساندرو» قد أكمل أعوامه الثلاثة عشر وبضعة أشهر. أتذكر ذلك لأن أمي وأنا أعددنا له الكعكة، وأمام الشموع المشتعلة، قال إنه إذا استطاع أن يطفئها كلها في نفخة واحدة، فهو يرغب في تحقق أمنية. سألته أمنا:

ـ ما هي؟

أجابها:

ـ أن أقابل بابا.

وهكذا، بسببه، ها نحن أمام ذلك المقهى. أشعر بالخوف. أنا لا أعرف شيئًا عن أبي، كنت أحبه مرة، ولكن منذ فترة وأنا لم أعد أحبه. فكرة أنني سأقابله تتسبب لي بألم في معدتي، ولا أريد أن أقول له إن عليَّ أن أذهب إلى دورة المياه، أشعر بالخجل. لذلك

أشعر بالغضب الشديد من أخي، فهو يضع القوانين، وأيضًا من أمي، التي تفعل كل ما يريده هو في النهاية.

(٢)

هذا كل ما في الأمر، لا أتذكر أي شيء آخر. ولكن بأمانة، لا يهمني شيء، إنها فقط حجة لأتصل بـ«ساندرو». أرفع الهاتف، محموله يرن، ثم ينطلق صوت الرسالة الصوتية. أنتظر دقيقتين ثم أتصل مرة أخرى. بعد خمس محاولات يجيبني بفظاظة:

ـ ماذا تريدين؟

أسأله بلا مقدمات:

ـ هل تتذكر عندما ذهبنا للقاء أبي في ذلك المقهى في ميدان «كارلو الثالث»؟

وأبدأ في تقليد صوت طفلة، بدلال لطيف وضحكات كأن لا شيء حدث، وكأنني لم أحاول بكل الطرق أن أنزع منه نقود الخالة «جانًّا»، وكأنني لم أصرخ فيه أنه إذا لم يكن يرغب في أن يعطيني على الأقل شيئًا صغيرًا، فهو قد مات بالنسبة إليَّ، مات ودُفن، ولا أريد أن أراه أبدًا.

يصمت. في الوقت نفسه يفكر: سنك خمسة وأربعون عامًا وتمزحين كمن عمرها خمسة عشر. أسمع كل أفكاره، وأسمع

١٦٤

حتى النقاط والفواصل، وأرى أنه يكرهني. ولكن لا يهمني، أتحدث بصخب عن بابا وماما، وعن طفولتنا، وعن لقاء من أعوام كثيرة مضت مع أبي، وعن فراغ مفاجئ في ذاكرتي رغبتُ فجأة في ملئه. يحاول أن يقاطعني، ولكن معي هذا أمر مستحيل، لا أسمح لأحد بذلك. وأقول فجأة:

ـ لنتقابل.

ـ لديَّ ما يشغلني.

ـ أرجوك.

ـ لا.

ـ هذا المساء؟

ـ أنتِ تعرفين أنكِ مشغولة هذا المساء.

ـ ماذا سأفعل؟

ـ إنه دورِكِ في أن تضعي طعامًا للقط.

ـ لن أذهب إلى هناك، لم أذهب إلى هناك ولا مرة واحدة.

ـ هل تمزحين؟

ـ هو كذلك.

ـ لقد وعدتِ ماما.

ـ لقد وعدتها، ولكن لا أستطيع أن أمكث في ذلك المنزل بمفردي.

نستمر هكذا لوهلة، بعبارات مقتضبة من هذا النوع، حتى، من خلال الشد والجذب، يفهم هو أنني جادة في كلامي، وأن الأسبوع

الذي قضاه والدانا في البحر تقريبًا انتهى وأنا هربت من دوري دائمًا. يقول:

ـ لهذا إذن كنتُ أجد المنزل معطنًا من البول، وآنية المياه نصفها فارغ، وصحن الطعام بلا أي فتات، و«لابِس» غاية في العصبية.

يغضب، ويهمس أنني أنانية، لا فائدة مني وغير مسؤولة. ولكنني لا أغضب، أستمر في التظاهر، والضحك، والمآسي الكاذبة والحقيقية، والسخرية من الذات. وببطء يهدأ. يقول بالنبرة التي يستخدمها عندما يريد أن يسحقني بدوره كأخي الأكبر:

ـ حسنًا، اذهبي إلى كريت مع آخر شخص التقطته، سأتصرف أنا مع «لابِس» الليلة، أيضًا، فقط لا تزعجيني مرة أخرى. صمتُّ. هنا أتغير أنا، أعرف دائمًا اللحظة التي أغير فيها الصوت الطفولي إلى صوت يثير الشفقة، مشابه تمامًا لصوت ماما. أهمس:

ـ لقد قلتُ «كريت» وذكرت أمر الخطيب الجديد فقط لكي لا أثير قلق والدينا، في الحقيقة أنا هذا العام لن أسافر في إجازة، فأنا مفلسة تمامًا، ومتعبة من كل شيء.

هأنذا بالفعل أعرف من أي نوعية من البشر هو، الآن يجد نفسه في موقف صعب. يقول:

ـ حسنًا، لنذهب معًا لنطعم «لابِس».

نتقابل أمام بوابة بناية والدينا. أكره كل منطقة ميدان «ماتزيني»، وهذا الشارع أيضًا، رائحة الدخان والنهر التي تصل حتى هنا. يموء «لابِس» بأعلى صوته، يُسمع صوته من على السلم. نذهب إلى أعلى. أقول عند الدخول:

ـ يا للقرف.

وأجري لأفتح الشرفات والنوافذ. ثم أبدأ بالتحدث مع القط، وأقول له كم هو مقرف، وهذا يهدئه، ويجري ليتمسح بكاحلَيَّ. ولكنه بمجرد أن يسمع «ساندرو» يعتني بطعامه، يتركني ويجري نحوه. أبقى في غرفة المعيشة. هذا المنزل يحزنني، عشت فيه منذ سن السادسة عشرة حتى الرابعة والثلاثين. كأن أبوينا، بكل ما لديهما من مآسٍ، نقلا إليه الأسوأ في كل المنازل التي عشنا فيها. يظهر «ساندرو» من جديد، وأسمع «لابِس» وهو يمضغ طعامه في المطبخ. أخي عصبي، لقد نفذ واجبه الصغير والآن يريد أن يذهب من هنا في أسرع وقت. ولكنني أجلس على الأريكة وأبدأ من جديد بطفولتنا: أبونا الذي يتركنا، وأمنا التي تيأس، اللقاء بيننا وبين بابا. يظل «ساندرو» واقفًا ليوضح لي أنه مستعجل. يتمتم بعبارات عامة، يشعر بأنه مجبر على أن يلعب دور الابن المُحب. يفيض بالامتنان ويتضايق كيف أدور حول هذا الموضوع بنبرة ساخرة. يصيح:

ـ تنطقين بالهراء، أبي هو من طلب هذا اللقاء، لا دخل لي في شيء. ثم إنه لم يكن مقهى، ولم يكن في ميدان «كارلو الثالث». اصطحبتنا ماما إلى ميدان «دانتي»، وكان بابا هناك ينتظرنا أسفل التمثال.

ـ أنا أتذكر مقهى، وميدان «كارلو الثالث». بابا قال «مقهى» في إحدى المرات.

ـ إذا لم تثقي بي فلا فائدة من التحدث. لقد أخذَنا إلى مطعم في ميدان «دانتي».

ـ وماذا حدث؟

ـ لا شيء، تحدث هو طوال الوقت.

ـ ماذا قال؟

ـ تحدث عن عمله في التلفزيون، وأنه يتقابل مع ممثلين ومطربين مشهورين، وأنه فعل خيرًا بأن ترك ماما. أنفجرُ في الضحك.

ـ هذا صحيح. وأنا أيضًا أرى أنه كان قد فعل خيرًا.

ـ تقولين هذا الآن، ولكن آنذاك لم تنامي الليل، وكنتِ تتقيئين أي شيء تأكلينه. لقد عقَّدتِ أنتِ الحياة لي ولماما، أكثر من بابا.

ـ أنت كاذب. لم يكن هو يهمني في شيء. يهز رأسه. ابتلع الطُّعم، يقرر أن يجلس.

ـ هل تتذكرين على الأقل عندما قلتِ له عن الأربطة؟

أربطة؟ جُبِل أخي هكذا، يعجبه أن يُمسك بتفصيلة ما وينسج حولها. تحبه النساء بسبب ثرثرته، في البداية يسليهن ثم يحول كل شيء بعد ذلك إلى ميلودراما. في رأيي كان عليه أن يتبع خطوات بابا بدلًا من أن يدرس الجيولوجيا، ويعمل في التلفزيون، ربما يعمل كمذيع، يتحدث في الشاشة للسيدات والفتيات. أنظر إليه وأتظاهر بالفضول لما يستعد ليقصه عليَّ. إنه وسيم، يتصرف بأناقة، ويعرف كيف يشبعك بذوقه. وهو أيضًا نحيف، يا له من محظوظ، ويا له من وجه ناعم لمراهق، سنه تقريبًا خمسون عامًا، ولا يمكن أن تعطيه أكثر من ثلاثين. يعتني بثلاث زوجات. أجل، زوجات، وإن كان قد تزوج مرة واحدة فقط. لديه أربعة أبناء، وهو الأمر الذي يُعد رقمًا قياسيًّا في هذه الفترة: اثنان من زوجته الأولى، الزوجة الشرعية، وواحد من كل من الاثنتين الأخريين. بالإضافة إلى أن له صديقات من كل الأعمار يراهن باستمرار، ويقدم لهن بكل سرور ليس فقط الأذن المصغية، ولكن إذا احتجن، بعض الجنس أيضًا. يعرف كيف يتصرف، هذا هو لب الموضوع. ليس لديه مليم، فقد بدد ميراث الخالة «جانًّا» موزعًا النقود على النساء والأولاد، وباستمرار يفقد عمله، مع ذلك يستمر في الحياة من دون مشكلات مثل تلك التي أعاني منها. لماذا؟ لأن أمهات أطفاله جميعهن ميسورات الحال، وحتى عندما ينتقلن إلى رجال آخرين يستكملن في اعتباره صديقًا حنونًا وأبًا ممتازًا، وهو الشيء الذي يصنع منهن موردًا

ثابتًا. لا بد من رؤيته مع أطفاله، فهم يحبونه جدًّا. من المؤكد أنه من حين إلى آخر يتعرض لمآسٍ، فهو أيضًا يتمكن بصعوبة من الاحتفاظ بشبكة علاقات عاطفية معقدة إلى هذا الحد، فتندلع حروب ضارية بين نسائه لتحتفظ كل منهن به بشكل حصري. ولكنه نجح في أن يتصرف حتى هذه اللحظة، وأنا أعرف لماذا. لأن أخي رجل مزيف. مزيف حتى مع نفسه. والسبب الذي من أجله ينجح في أن يوزع الانتباه والمواساة على كثيرات ـ وعادةً من خلال نصائح معنوية عندما ينطق بها تبدو بالفعل منافقة ـ هو أنه يعرف جيدًا كيف يحاكي كل المشاعر الإيجابية، من دون أن يشعر بأي منها. أسأله:

ـ أربطة من أي نوع؟

ـ أربطة الأحذية. بينما نأكل، سألتِه إذا كنتُ قد نقلتُ الطريقة التي أربط بها حذائي منه هو.

ـ معذرة، وأنت كيف تربطه؟

ـ كما يربطه هو.

ـ وهو كيف يربطه؟

ـ كما لا يربطه أحد.

ـ وكان يعرف أنك تربط حذاءك مثله؟

ـ لا، ولكنكِ أنتِ جعلتِه يلحظ هذا.

أنا بالفعل لا أتذكر هذا. أسأل:

ـ وكيف كان رد فعله؟

ـ انفعل.

ـ أي؟

ـ انفجر في البكاء.

ـ لا أصدق هذا، لم أره يبكي قَطُّ.

ـ هذا ما حدث.

يُطل «لابِس» في حذر. أتساءل إذا كان سيأتي نحوي أم سيذهب إلى «ساندرو». أشعر بأنني أريد أن يأتي عندي، ولكن فقط لكي أطرده بعيدًا. بقفزة واحدة يستقر القط على ركبتَي أخي. أقول ببعض الغل:

ـ أنا متأكدة من أنك أنت من أراد مقابلته.

ـ فكري فيها كما يحلو لكِ.

ـ على كل حال لماذا وافقت ماما؟ كانت وقتها قد توقفت عن تصرفاتها المجنونة، وكنا اعتدنا عدم وجوده، كان من الأفضل أن تقول له لا. كيف خطر على بالها أن تقلب كل شيء رأسًا على عقب؟

ـ انسي الموضوع.

ـ لا، أريد أن أعرف: لماذا؟

ـ كنت أنا من أصرَّ.

ـ إذن كان هذا بسببك؟

ـ لقد أصررت لأنكِ كنتِ في حالة سيئة جدًّا.

ـ آه. يا للشهامة.

ـ كنت صبيًّا صغيرًا. فكرت في أنه إذا رأى أبونا في أي حال
أصبحتِ، ربما أدرك أنكِ بحاجة إليه، وعاد.

ـ إذن في رأيك تراجع بابا عن موقفه من أجلي؟

ـ لا تخدعي نفسك.

ـ إذن؟

ـ هل فعلًا لا تتذكرين أي شيء؟

ـ لا.

ـ حسنٌ. سأقول لكِ شيئًا آخر. في صباح اللقاء كانت أمنا
من قال لكِ: هل لاحظتِ الطريقة السخيفة التي يربط بها
أخوكِ حذاءه؟ إنه خطأ أبيكِ، لم يفعل قطُّ أي شيء حسن.
قولي له هذا عندما ترينه.

ـ حسنٌ؟

ـ إن قصة الأربطة تلك جمعتنا كلنا، فقد عاد بابا من أجل
ماما، ومن أجلي ومن أجلك. ونحن الثلاثة أردنا عودته.
هل هذا واضح؟

(٤)

هذا هو «ساندرو»، يمكنه أن يمنح كلَّ شيء منحى لزجًا
مطَمئنًا. أنظرْ إليه الآن كيف يدلل «لابِس». يربت عليه

١٧٢

ويلاطفه، والقط سعيد. يفعل هذا مع الجميع، حيوانات وآدميين. إنه مدلل ماما، ويتحدث بابا في أشياء جادة معه فقط. وبهذه الطريقة يحصد كل شيء ـ حبًا وتقديرًا ونقودًا ـ ولي لا يترك سوى الفتات. آه، يا له من شخص مزيف. وكم هي مزيفة مزيفة مزيفة نسخته من حدوتة الأربطة. دفع هو أمنا إلى أن تأخذنا لنرى أبانا فقط لأنني أنا كنت في حالة سيئة؟ ونحن الاثنان أثرنا في والدنا إلى حد أننا جعلناه يعود على الفور إلى المنزل؟ وأمنا تدخلت أيضًا في ذلك؟ وهكذا إذن عادت مرة أخرى لتجتمع أسرتنا الجميلة؟ من يعتقدني؟ واحدة من عشيقاته؟ أقول له:

ـ الأربطة الوحيدة التي وضع والدانا لها اعتبارًا هي تلك التي عذب بها كل منهما الآخر طوال حياته.

عندئذٍ أنهض، وأنزع «لابِس» من فوق ركبتيه، وآخذه إلى الشرفة وأنا أربت عليه. في البداية يتلوى القط، ثم يستسلم. ومن هناك، من الشرفة، أقول لـ«ساندرو»:

ـ أبوانا أهديانا أربعة سيناريوهات تعليمية جدًا. الأول: بابا وماما شابان سعيدان، والطفلان يستمتعان بجنة عدن. الثاني: بابا يعثر على امرأة أخرى ويختفي معها، ماما يجن جنونها، والطفلان يفقدان الجنة. الثالث: بابا يعيد التفكير، ويعود إلى المنزل، ويظن الطفلان أنهما سيدخلان مرة أخرى إلى الفردوس الأرضي، وبابا وماما يثبتان يوميًا أنه

مجهود بلا فائدة. الرابع: الطفلان يكتشفان أن جنة عدن لم يكن لها وجود قَطُّ، وأن لا بد من الرضا بالجحيم.

على وجه أخي علامات الضيق:

ـ أنتِ أسوأ من أمنا.

ـ ماما لم تعد تعجبكَ؟

ـ أنتِ التي لا تعجبينني، نقلَت إليكِ عيوبها، وأنتِ زدتها سوءًا.

ـ أيها؟

ـ كلها.

ـ على سبيل المثال!

ـ الإحصاء: الأول والثاني والثالث والرابع. فأنتما الاثنتان تستمتعان بوضع السياجات، وحبس الآخرين داخلها.

أقول له ببرود إنني كنت فقط أصف له الإطار الذي عشنا بداخله معًا. أشكو:

ـ ولكن أنت لا بد أن تهينني على الفور، وبلا سبب. إذا كنتُ أنا أسوأ من ماما، فأنت أسوأ من بابا، لا تستمع إلى أحد مطلقًا، بل قد ورثت أسوأ ما فيهما هما الاثنين، لأنك ليس فقط لا تستمع، ولكن تمامًا كما تفعل ماما، تتعلق بتفصيلة صغيرة جدًّا، وتبني فوقها جبلًا من التفاهات.

يحدق إليَّ ضامًا شفتيه وهو يهز رأسه، ثم ينظر إلى الساعة. من جهة يخشى أنه بالَغ، ومن الجهة الأخرى يفكر بأنه لا يوجد

شيء آخر يفعله معي، فالسلام مستحيل، ولا أفعل شيئًا سوى الشجار. أدخل مرة أخرى إلى حجرة المعيشة، وقبل أن ينهض ويرحل أجلس مرة أخرى على الأريكة. يعود «لابِس» إلى جنونه، ولأهدّئه أقبّله على رأسه. حان الوقت لأقول لأخي السبب الحقيقي الذي لأجله اتصلت به. أتمتم عبارات من نوع: «على كل حال ماذا يمكننا أن نفعل، لا يهرب المرء من الكروموزومات، وهذا ليس خطئي أو خطأك، يرث المرء كل شيء، حتى الطريقة التي يهرش بها في رأسه». وأضحك، وكأنني قلت دعابة ثم، وأنا ما زلت أضحك، وبلا أي مقدمات، أعلن أنني منذ فترة وهناك فكرة تدور في رأسي. أقول:

ـ لنقترح على ماما وبابا أن يبيعا هذا المنزل: إنه يساوي على الأقل مليونًا ونصف المليون، ونتقاسم ثمنه تمامًا بيننا، ومِن ثَمَّ سيأخذ كل منا سبعمائة وخمسين ألفًا.

(٥)

ينظر «ساندرو» إليَّ باهتمام. شيء واحد فقط لا نتناقش فيه، وهو أن استحواذ النقود علينا شيء ورثناه من أمنا. ربح بابا كثيرًا من النقود، ولكنه كان مأخوذًا بشدة بطموحاته، حتى بدا كمن لا يدرك حتى ذلك. بالنسبة إليه لم يكن مهمًّا سوى

١٧٥

العمل، والاحتياج إلى التأييد، وقلق فقدانه. ولكن بالنسبة إلى النقود، ماما فقط هي من اهتمت بها دائمًا. ادخرتها وراكمتها، هذا المنزل أرادته هي. جعلتنا نشعر بأهمية كل مليم، حبها نفسه لطفلَيها اتخذ شكل النقود. كانت تراكمها في الواقع، ليس لنفسها، وليس بالتأكيد لبابا، ولكن لنعيش نحن الاثنان جيدًا في الحاضر، ونكون في أمان في المستقبل. دفتر البريد، والحساب في البنك، وهذه الشقة، كانت كلها طرقها لكي تقول لنا إنها تحبنا. هكذا كنت أعتقد طويلًا، وربما «ساندرو» أيضًا. كانت أمنا تثبت لنا هذا كل يوم: «هذا هو الدليل أنني أحبكما جدًّا: أنني لا أنفق على نفسي ولكنني أُراكِم لكما». والنتيجة هي، فيما يخصني، أن نقص النقود يثبت مجددًا عدم قدرتي على أن أكون محبوبة. لهذا أعتقد أنني غضبت جدًّا عندما ترَكَت الخالة «جانّا» ثروتها كلها تقريبًا لـ«ساندرو»، أو على الأقل هكذا قال لي الأطباء عندما تسببَت تلك القصة في فقداني لأعصابي، وحشَوني بالأقراص. ولكنه من الصعب جدًّا أن يضع المرء الترتيب في رأسه، يوجد دائمًا شيء لا يسير على ما يرام. قد يكون حقيقيًّا بالفعل ذلك الترابط بين عدم وجود النقود وعدم وجود الحب، ولكن إذن لماذا، بمجرد أن تكون معي النقود، أبذرها، وبمجرد أن يحبني أحدهم أدفعه إلى الهروب؟ وألا يحدث الشيء نفسه لـ«ساندرو»؟ كل أولئك النساء ومعهن النقود، وكل أولئك الأبناء المدللين جدًّا، أليسوا

جميعًا علامة على فجوة لا تمتلئ؟ بينما المتعة بالنسبة إلى أمنا ـ ربما متعتها الوحيدة ـ هي وضع النقود جانبًا، نحن لدينا الشعور بأننا بخير فقط حين ننفقها. أنا وأخي متطابقان. ماذا عن تلك الفترة إذن حيث لا توجد نقود ومع الشيخوخة التي تقترب؟ أنا سمينة وتتضاعف لديَّ التجاعيد والشعر الأبيض. كم أكره «ساندرو» لوسامته الشبابية هذه: رموشه طويلة، وعيناه خضراوان، في سن الخمسين وكل الشعر على رأسه، أسود قاتم، بلا أي صبغة، وجسمه رياضي حتى من دون أن يمارس أي رياضة. وأخيرًا يستمع إليَّ. أغير الموضوع كي أمنحه الوقت ليستوعب فكرتي. أقول:

ـ إنهما ينتميان إلى جيل محظوظ، وعبَرا من البؤس إلى الرخاء، حتى إن بابا استطاع الحصول على بعض التقدير، وهما الاثنان لديهما معاش جيد، ماذا، بحق الجحيم، يريدان أكثر من ذلك؟ ألا توافقني؟

عندئذٍ يُغلق أخي رموشه كمن يُلغي اللوحة التي أرسمها له، ويسألني:

ـ ولماذا يجب أن يبيعا ويعطيانا النقود؟

ـ المنزل منزلنا.

ـ المنزل منزلهما.

ـ بالتأكيد، ولكن سنرثه نحن.

ـ إذن؟

ـ إذن سنطلب منهما أن يمنحانا الميراث مبكرًا.

ـ وأين يذهبان ليعيشا؟

ـ سنستأجر لهما شقة أصغر، حجرتين ومطبخًا في منطقة في الضواحي، وسندفع نحن الإيجار.

ـ أنتِ مجنونة.

ـ لماذا؟ هل تتذكر «ماريزا»؟

ـ ومن تكون؟

ـ صديقتي من نابولي.

ـ وماذا عنها؟

ـ طلبت من أبويها الشيء نفسه ووافقا على ذلك.

ـ لن توافق ماما أبدًا. إن هذا هو منزلها، اعتنت به في كل تفاصيله. وبالنسبة إلى بابا هو علامة أن جزءًا ما من عمله قد بقي.

ـ ولكن الحياة مرت.

ـ لا أعتقد. يمكن أن يكون أمامهما على الأقل عشرون عامًا أخرى.

ـ تمامًا. وبعد عشرين عامًا ستكون سني خمسة وستين، وأنت سبعين، بفرض أننا سنصل إليها. ماذا سأفعل أنا بنصف هذا المنزل في سن الخامسة والستين؟ اعقلها، ولا تجعلني أقوم كالمعتاد بدور الشخص الخسيس. إنهما شخصان مسنان. ما معنى أن يعيشا في قصر يطل على نهر «التيفيري»؟

يهز رأسه وينظر إليَّ برفض حكيم. يريد أن يُشعرني بأنني مخطئة، يفعل هكذا منذ أن كنا صغارًا. بطبيعة الحال، النقود تسحره، أستطيع أن أقرأ هذا على وجهه. ولكنني أعرفه، وأفهم كيف يتلوى من الداخل. فالطريقة المثالية بالنسبة إليه هي أن أفعل كل شيء بمفردي، أتحدث مع أبوينا، وأقنعهما، وأبيع، وأقسم المبلغ بيننا ـ بالتساوي طبعًا ـ وفي الوقت نفسه أترك له دور الابن المرتبك الذي يقدم الاعتراضات الأخلاقية، والذي يقلق على ماما وبابا. جزء مني يدرك أنني، إذا أردت موافقته، لا يجب أن أواجهه، لا بد أن أتحمل توبيخه، وقلبي بين يديَّ. ولكن جزءًا آخر مني قد بدأ بالفعل ينفعل. أردت أو لم أرد، لديَّ أنا أيضًا شكوكي، فلست مصنوعة من حجر. لذلك إذا استفزني، لا أعلم جيدًا كيف سينتهي الأمر. ولكنه لا يستفزني فقط، بل يجرحني. يسألني:

ـ ماذا سيكون رد فعلك إذا، بعد ثلاثين عامًا، فعل أبناؤكِ الشيء نفسه معكِ؟

(٦)

أجيبه بعنف، وأقول له:

ـ لقد تعلمتُ شيئًا واحدًا فقط من والدينا: أننا يجب ألَّا ننجب الأطفال.

١٧٩

ثم بهدوء مصطنع، وأنا أخنق صوتي في حنجرتي، أصرُّ:

ـ في كل الأحوال ينتهي الأمر بأن يؤذي كلُّ منا أطفاله، ومِن ثَمَّ يجب أن نتوقع أنهم سيتسببون لنا بألم أكبر.

أعلم أنه لا تعجبه عبارات مبالغة من هذا النمط، ولكنني أستخدمها عن قصد، فلقد جلب إلى العالم، بلا أي شعور بالمسؤولية، أربعة أبناء، ولنرَ الآن كيف سيتصرف في هذا.

يتصرف كالمعتاد بأن يمدح نفسه، فهو مقتنع، بطبيعة الحال، بأن الطريق الصحيح هو ذلك الذي سلكه هو: من خلال تعدد الأمهات، وتعدد الآباء، وتعدد مراكز الحب والجنس. إنه اضطراب الأدوار، أي نهاية المفهوم التقليدي للزواج: لا توجد زوجة واحدة، نساء مختلفات كلهن حبيبات، وأطفال متنوعون كلهم محبوبون. يقول لي بغروره المعسول:

ـ عندما أهتم بالأطفال لا أُنقصهم شيئًا، فأنا بالنسبة إليهم الأب والأم.

أحاول ألَّا أجيبه، وأترك له الوقت ليختال بوجهات نظره العظيمة. ولكن أخي لا يتركني لحالي، على الرغم من محاولاتي الكثيرة ألَّا أتورط. وهكذا، عند لحظة ما، ألقي إليه بواقع أنه لم يخرج حقًا قطُّ من الكوارث التي كبرنا داخلها، وبأنه سينقل إلى أطفاله الأحزان التي نقلتها إلينا أمنا: الرجل الذي يصبح امرأة، والمرأة التي تصبح رجلًا، الأب الذي يصبح أمًّا، والأم التي تصبح أبًا. ذلك التبادل الأَسَري في الأدوار، وتلك الحيل

اللفظية، فأنت لست سوى طفل مرتعب. وبينما أتحدث، ينمو في صدري غضب، عادةً ما يكون كامنًا في مكان ما. وأهمس له بأنني مع إلغاء الأطفال، مع إلغاء الحمْل والوضع، الإلغاء، نعم، الـ...إلـ...غاء. أريد أن ألغي حتى ذكرى الإنجاب بواسطة بطن المرأة، يجب استخدام الأعضاء التناسلية فقط في التبول وممارسة الجنس. أصرخ فيه:

ـ بل حتى الجنس، لم أعد أعلم إذا كان يستحق.

ونتشاجر ـ يفزع «لابِس» ويهرب بعيدًا ـ ونتشابك، عبارة فوق عبارة وكلمة فوق كلمة. كم من العبارات المتداوَلة يمكنه أن يفردها ليدافع عن نفسه؟ «ضم الشخص المحبوب في الليل يهدئ التوتر، الحب أفضل من الإيمان بإله، إنه مثل الصلاة أمام مخاطر الموت المستمرة، إنجاب الأطفال يخفف الحزن، آه، كم هي عذبة الأفراح التي تمنحها لك الذرية، كم هو مثير رؤيتهم وهم يكبرون، وتدركين أنكِ حلقة في سلسلة لانهائية، أولئك السابقين لكِ وأولئك القادمين، إنها الصيغة الوحيدة الممكنة للأبدية»، إلخ، إلخ، إلخ.

أستمع. تبدو كلماته كعظة جيدة النية، ولكنه في واقع الأمر يهدف إلى إيلامي. يريد أن أحسده على سعادته بكل أبنائه، يريد أن أندم على أنني تخليت عن أن تكون لي أنا أيضًا ذرية، يريدني أن أتألم. يؤكد:

ـ أنتِ ليس لديكِ أبناء، ولا يمكنكِ أن تفهمي، ولذلك تهذين.

أقول له، وقد فقدت هدوئي نهائيًا:

ـ هذا حقيقي، أنا لا أفهم. لا أستطيع أن أفهم تلقيحك الأعمى، لا أستطيع أن أفهم كل تلك الأفراس التي تفرز سوائل جسدية، وآذانها ملتصقة بدقات ساعتها البيولوجية. «الساعة البيولوجية»! يا له من مصطلح باهت. لم أسمع قطُّ أي دق، جرى الزمن بلا صوت، وهكذا أفضل. لنتخيل لو كنت قد أنجبت وأنا أصرخ من الألم، ولو كنت تركتهم يذبحونني تحت تأثير المخدِّر لأستيقظ بعد ذلك وأنا أشعر بقرف من نفسي، مكتئبة، يستحوذ عليَّ رعب أمام تلك العرائس الصغيرة التي لا يمكنك تجاهلها. آه بالفعل، أن نعيش من أجلهم. لقد فعلتهم ـ نسخ ولصق ـ ولا بد من الاحتفاظ بهم مهما حدث. إذا عرضوا عليك عملًا في الخارج، أو لا بد لك من أن تعمل نهارًا وليلًا من أجل نتيجة ما أنت حريص عليها، أو ترغب في أن يكون وقتك كله مكرسًا لرجل ما، إلا إنك لا يمكنك ذلك، فالأبناء ملتصقون بك، يذكِّرونك بأنك لا يمكنك هذا، فإنهم بحاجة إليك، تلك الثعابين الصغيرة المستفزة، بتشبثاتهم القوية والمتوحشة. أي شيء تفعله لتسعدهم يكون قليلًا جدًّا دائمًا. يريدونك لأنفسهم، ويبدعون بكل الطرق ليضعوا العراقيل في طريق أي شيء ضروري لك. ليس فقط أنك لا تملك نفسك ـ يا لحماقة هذا الشعار القديم أيضًا ـ ولكن لا يمكنك حتى

محاولة أن تكون لشخص آخر بالكامل، فالآن أنت بالفعل ملك لهم فقط.
أصرخ:

ـ ولذلك، إنجاب الأطفال هو التخلي عن الذات. انظر إلى نفسك، مرة واحدة بطريقة جيدة، انظر كيف تعيش فعلًا. الآن ستجري إلى بروفانس، حيث «كورين»، لتعيد إليها الطفلَين، ثم ستذهب إلى ابنة «كارلا»، ثم إلى ابن «جينا». آه، يا لك من أب صالح! آه يا لك من حبيب! ولكن هل أنت سعيد؟ وهم، عندما تصل، وعندما تذهب، هل هم سعداء؟ ما زلت أتذكر عندما كان بابا يأتي لزيارتنا في نهاية الأسبوع. لا أتذكر أحداثًا بعينها، ولكن ظل لديَّ شعور لا يُحتمل بالتعاسة ـ ذلك أكيد ـ ولم يذهب عني قَطُّ. كنت أريد أن يكون أبي لي أنا وحدي ـ كنت أتمنى أن آخذه من ماما ومنك ـ لكنه لم يكن لأحد منا، يجلس هناك، إلا إنه لم يكن موجودًا. كان قد تخلى عني وعنك وعن ماما. وفعل خيرًا، هذا ما فهمتُه بسرعة. بعيدًا، بعيدًا، بعيدًا. كانت أمنا، بالنسبة إليه، هي الحرمان من متعة الحياة، ونحن أيضًا، أنا وأنت. لم يكن مخطئًا، كنا بالفعل هذا، الحرمان، الحرمان. كان خطأُه الحقيقي أنه لم ينجح في أن يرفضنا تمامًا. كان خطأُه أنه بمجرد أن تتصرف بطريقة تجرح فيها بعمق، بحيث تقتل، أو على كل حال تحطم إلى

الأبد حيوات آدميين آخرين، لا يجب مطلقًا أن تعود إلى الخلف، لا بد أن تتحمل مسؤولية جريمتك حتى النهاية. فلا يمكن اقتراف نصف جريمة. ولكنه لا شيء، مجرد رجل تافه، مخدَّر من الداخل. قاوم كلما شعر بأنه في وضع صحيح، كلما بدا له أنه يحظى بموافقة مَن حوله. ثم، بمجرد أن بدأ كل شيء يستقر وانحسر التأييد، بمجرد أن قَلت الحماسة وبدأ يشعر بالندم، استسلم. عاد، وسلم نفسه لسادية ماما. وقالت هي له: «لنرَ نياتك، أنا لا أثق بك، ولن أثق بك أبدًا، ولن أصدق أنك عدت من أجلي أنا ومن أجل الطفلَين، لن أصدقك، لأنني أعلم بداخلي، داخل أكثر الأماكن سرية في رأسي، كم يكلف اختيار حاسم كهذا. لذلك في كل دقيقة، وكل ساعة، سأختبرك. سأختبر صبرك وتماسكك. سأفعل هذا أمام الطفلَين، حتى يريا، ويعرفا أي نوع من الرجال أنتَ. قل نعم أو لا: هل تريد أن تضحي بحياتك من أجلنا كما أضحي أنا من أجلكم؟ هل تشعر بأنك تريد أن تضعنا نحن الثلاثة في المقدمة دائمًا؟».

هذا شيء مختلف عن الحب يا «ساندرو»، شيء مختلف عن لم شمل العائلة. إن أبوينا حطمانا، فلقد احتلا رأسَينا، وأي شيء نقوله أو نفعله ليس إلا استمرارًا في طاعتهما. عندئذٍ، ونظرًا إلى أنني غبية، لا أتحكم في أعصابي، وأنفجر في البكاء. أجل بالفعل، أبكي وأبكي كالحمقاء، من دون أن أعرف

لماذا. أشعر بالغضب الشديد من نفسي بسبب تلك الهشاشة، وأخي يعرف كيف يمكنه استغلال ذلك. ولكنه لا يفعل. يبدو مضطربًا من كلماتي، ويحاول أن يهدئني. عندئذٍ أخنق نشيجي، وأمسح دموعي، وأتحدث بالصوت الوديع، وأشكو لأن لا أحد يحبني، ولا حتى ماما، ولا حتى بابا. وأقول:

ـ لم يحباني قَطُّ.

وأحنق على فكرة الامتنان التي لا بد أن يشعر بها الأبناء تجاه آبائهم طوال حياتهم من أجل الحياة التي منحوها لهم. امتنان؟ أضحك، وأصيح:

ـ إن أبوينا مدينان لنا بتعويض، من أجل كل الأضرار التي سبباها لعقلنا ولمشاعرنا. أليس كذلك؟

وأُخرج المخاط من أنفي، وأتمتم وأنا أضرب بيدي على الأريكة:

ـ «لابِس»، تعالَ هنا.

يفاجئني القط: بقفزة يستقر بجانبي.

(٧)

أشعر بالتعب. فتح البكاء الطريق للصداع، الذي أعاني منه مثل بابا. ولكنْ، للدموع أيضًا تأثير جيد، وأشعر بتقارب ما بيني

١٨٥

وبين «ساندرو»، وإذا دعمت ذلك، سيعاود هو التحدث عن اقتراحي. أربت على «لابِس»، وأقرر أن أكشف لأخي سرًّا كنت قد اكتشفته مصادفةً من فترة وأنا أتصفح القاموس اللاتيني من أجل عملي. أقول له ماذا يعني ذلك الاسم، يعني «الحظ السيئ»، يعني «الدمار». يبدو هو متشككًا، فهو يعرف النسخة الرسمية لبابا، «لابِس» يعني حيوان المنزل. لأقنعه أذهب إلى المكتب، ويتبعني القط على الفور، وآخذ القاموس. حر شديد. عندما أعود أجلس على الأرض، أعثر على الكلمة، أسطر أسفلها وكل معانيها، أشير لـ«ساندرو». أريده أن يقول رأيه في ذلك الاكتشاف المسكين، يتبعني بلا رغبة. يتمتم:

ـ ممم، لماذا فعل هذا؟

ولا يضيف شيئًا آخر، يبدو شاردًا. أصرُّ:

ـ ما نوع رجل يخترع ألعابًا كهذه فقط من أجل متعته الشخصية؟ هل هو غدار؟ أم مجرد شخص تعيس؟ هل تفهم ماذا تعني رغبتك في أن تسمع باستمرار، في هذا البيت، كلمة تمثل ما تشعر به في الداخل؟ كلمة اخترتها أنت، ويستخدمها أفراد أسرتك من دون أن يعرفوا معناها؟

يبتسم، ولا أعرف إذا كان ذلك ليؤيدني، وأخيرًا يعود مرة أخرى إلى الحوار الخاص ببيع الشقة. يسأل:

ـ وأين سيضعان كل تلك الأشياء التي لهما؟

ـ ثلاثة أرباع تلك الأشياء يجب التخلص منها. لقد غيرنا

عديدًا من المنازل، ولم تلقِ ماما بأي شيء، وأجبرتنا حتى أنا وأنت على الاحتفاظ بكل التفاهات. كانت تقول: «يمكنها أن تفيد، يمكنها أن تفيد حتى فقط بتذكيركما بطفولتكما». التذكر؟ ولكن من يريد أن يتذكر؟ أكره غرفتي، يصيبني التوتر فقط بمجرد دخولها، وبها كل القرف الممكن منذ وُلدت، وحتى هربت أخيرًا.

ـ حجرتي لا تختلف.

ـ أرأيت؟ وإذا كان هذا الحديث ينطبق على حجرتينا، تخيل أنت ماذا سيحدث إذا نظرنا إلى أشيائهما؟ سأقول لك مثالًا: هل تعرف أن ماما تحتفظ بكل دفاترها الخاصة بالمشتريات ـ الخبز، المعكرونة، البيض، والفاكهة ـ منذ اليوم الأول لزواجها، منذ عام ١٩٦٢ حتى اليوم؟ وبابا؟ يحتفظ حتى بالحماقات التي كان يكتبها وهو في سن الثالثة عشرة، وذلك من دون أن نحصي الصحف والمجلات التي نشر فيها، والملحوظات على الكتب التي قرأها، ووصفًا لكل الأحلام التي حلم بها، وهكذا. يا للحماقة، هل يعتقد نفسه «دانتي آليجييري»؟ لقد كتب بعض التفاهات للتلفزيون، ليس إلَّا. وإذا كان هناك بالفعل أحد مهتم بأفكاره ـ وأنا لا أعتقد ذلك ـ يمكن رقمنة كل شيء، وينتهي الموضوع.

ـ إنها طريقتهما في ترك أثر ما.

ـ أثر ماذا؟

ـ أثر وجودهما.

ـ هل أترك أنا آثارًا؟ وأنت، هل تترك آثارًا؟ إن جنون الحفظ ذلك هو خاصية من خصائص ماما، بابا لا يهتم.

يبتسم، وأرى في عينيه تعاسة. لم تبدُ لي مصطنعة هذه المرة.

ـ هل تعتقدين ذلك؟

ـ بالطبع. إذا أقنعناهما بالبيع سيمنحان حياتهما تنظيفًا عميقًا، وسنكون قد صنعنا بهما معروفًا.

ـ لا أعتقد ذلك.

ـ لِمَ لا؟

ـ في هذا المنزل يوجد نظام ظاهري، ولكن هناك فوضى حقيقية.

ـ اشرح ماذا تعني.

ـ لن أشرح لكِ أي شيء، بل سأُريكِ.

ينهض، ويشير إليَّ أن أتبعه. يجري «لابِس» خلفنا. نذهب إلى مكتب أبي، ويشير «ساندرو» إلى المكتبة.

ـ هل سبق لكِ ونظرتِ في ذلك المكعب هناك في الأعلى؟

(٨)

أتظاهر بأنني أتسلى، ولكن في الحقيقة لم يحررني البكاء، أشعر

بتعاسة تسبب لي اضطرابًا. إذا خلع أخي فجأة القناع، وقرر أن يطلعني قليلًا على معاناته، يعني هذا أنني لا بد أن أقلق. أراه يتسلق بسرعة السلم، وينزل ومعه المكعب الأزرق مغطى بالتراب. يزيل عنه التراب بكم قميصه، ويقدمه لي.

ـ هل تتذكرينه؟

لا، لم يُثر فضولي مطلقًا، لا شيء في هذا المنزل أثار فضولي قطُّ. أكره ما به من آلاف الأشياء ذات الذوق السيئ، وأكره كل حجرة، وكل نافذة وكل شرفة، حتى لمعة النهر والسماء القريبة جدًّا. إلا إن «ساندرو» يقول إنه يتذكر ذلك المكعب دائمًا، كان في المنزل منذ كنا نسكن في نابولي. يتمتم:

ـ انظري كم لونه جميل وكم يلمع!

بالنسبة إليه فهو أجمل شكل هندسي رآه. ويحكي:

ـ عندما كان يخرج أبوانا لسبب ما، كنت أفتش في كل شيء، وحدث هكذا أنني في مرة اكتشفت في الكومود ناحية أبينا الواقي الذكري وفي ذلك الخاص بأمنا كريمًا مهبليًا.

ـ يا للقرف.

أقولها أنا بسرعة، ثم أخجل، فسني خمسة وأربعون عامًا، وكنت على علاقات بعدد كبير من الرجال والنساء، وما زلت أجد العلاقة الجنسية بين والدَيَّ مثيرة للاشمئزاز؟ أضحك بعصبية، وينظر «ساندرو» متشككًا إلى يدَيَّ:

ـ كفى. أنت ترتجفين.

أتفاجأ بنبرته الرقيقة بإخلاص. يأخذ مرة أخرى المكعب ويبدأ بالفعل في تسلق السلم بخفة ليعيده إلى مكانه. أغضب، وأقول له:

ـ لا تتصرف بحماقة، عد إلى هنا، ماذا يجب أن أرى؟

يتوقف هناك في أعلى مرتبكًا ثم يقول:

ـ إنه علبة، تُفتح بالضغط على هذا الجانب.

ويضغط، ويُفتح المكعب فعلًا. يهزه، ويسقط أسفل عدد من الصور البولارويد.

أنحني لأجمعها. تُظهر إنسانة، سواء أنا أو هو نعرفها جيدًا جدًا، نعرفها تمامًا بهذا الشكل، وبهذا الوجه السعيد. دخلَت إلى معرفتنا في صباح أحد الأيام بينما كنا نقف ساكنين ـ أنا وهو وماما ـ في أحد الشوارع الهادئة في روما. كنا قد أتينا خصيصًا من نابولي. كنا نشعر بداخلنا بقتامة رعب، وكنا ننتظرها هي بالتحديد. شرحت لنا ماما، قالت:

ـ لننتظرها عندما تخرج من البوابة مع بابا.

وبالفعل عندما خرج أبونا مع تلك الفتاة ـ كم كانا جميلين معًا، يتلألآن ـ قالت لنا أمي:

ـ ها هما إذن، انظرا كم يبدو بابا سعيدًا! هذه هي «ليديا»، المرأة التي تركَنا من أجلها.

«ليديا»، يبدو لي الاسم حتى الآن كعقرة حيوان. عندما تنطقه ماما، يصبح احتقارها احتقارنا، ونشعر بأننا ثلاثة بداخل

جسد واحد. ولكن في تلك المناسبة نظرتُ إلى تلك الفتاة باهتمام، وتكسر ذلك البناء العضوي الذي كنت جزءًا منه، وفكرت: كم هي جميلة، يملأها التفاؤل، عندما أكبر أريد أن أصبح مثلها تمامًا. وعلى الفور شعرتُ بالذنب من هذه الفكرة، وما زلت أشعر به، أشعر به منذ زمن طويل. أدركت عندئذٍ أنني لم أعد أريد أن أشبه أمي، وأنني بذلك أخونها. لو كانت لديَّ الشجاعة لصرخت بكل سرور: «بابا، «ليديا»، أريد أن آتي لأتنزه معكما، لا أريد أن أمكث مع ماما، فهي تخيفني». إلا إنني الآن، في هذه اللحظة بالتحديد، أتألم بشدة لأمي ولنفسي أيضًا. فـ«ليديا» عارية، وبارعة الجمال، ونحن الاثنتان لسنا كذلك، ولم نكن كذلك قَطُّ. ووجود تلك الصور السري يثبت ذلك. أبي لم ينفصل قَطُّ عن «ليديا»، وكيف يستطيع ذلك؟ لقد خبأها في ذهنه وفي منزلنا طوال الوقت. أما نحن، وإن كان قد عاد، فلقد تركنا. والآن وأنا أكبر من «ليديا» كثيرًا عندما كانت في تلك الصور، وأيضًا وأنا أكبر كثيرًا من أمي في تلك الفترة من الألم القاسي، أشعر عند رؤيتها بالإهانة أكثر.

أسأل أخي الذي نزل من فوق السلم:

ـ منذ متى وأنت تعرف عن هذه الصور؟

ـ من نحو ثلاثين عامًا.

ـ ولماذا لم تُطلع أمنا عليها؟

ـ لا أعرف.

ـ وأنا؟

يهز كتفيه بما معناه أنه لا يريد أن يحاول إقناعي مرة أخرى بمشاعره الطيبة نحوي. أتأفف:

ـ كم أنت طيب. كم أنتم جميعًا طيبون مع النساء. لديكم ثلاثة أهداف عظيمة في الحياة: نكاحنا، حمايتنا، وإيذاؤنا.

(٩)

يهز «ساندرو» رأسه، يتمتم بشيء ما حول حالتي الصحية. أقول له إنني بخير، بل بخير جدًّا، وإنه من الجيد أنني حكيت له حكاية اسم «لابِس»، وأنه حكى لي عن المكعب الأزرق. الآن نعرف أكثر بعض الشيء عن أبينا. أي نوع من الرجال هو، لا يعترض أبدًا، ويوافق على كل شيء، فقد كان وما زال خادم أمي. كم كنت أحتقر الطريقة التي كانت تأمره بها بالقبضة الحديدية، وأنه كان يتركها تعذبه من دون أن يتمرد، وكيف كنت أكرهه لأنه لم يحاول قَطُّ أن يرفع إصبعه لحمايتنا منها. «بابا، أريد هذا». «اسألي ماما». هي تقول لا، إذن لا. أفحص الصور وأتركها واحدة تلو أخرى لتسقط على الأرض. وأسأل أخي:

ـ ماذا يوجد أيضًا تعرفه أنت، ولا أعرفه أنا؟

١٩٢

يجمع «ساندرو» الصور بصبر.

ـ لا أعرف أي شيء آخر عن بابا، ولكن يكفي أن نفتش
لنعرف مزيدًا.

ـ وعن ماما؟

يعترف رغمًا عنه بأن لديه شكوكًا متنوعة، هو مقتنع أن أمي
أيضًا كان لها عُشاق. أقول:

ـ دلائل وليس ثرثرة.

يجيب:

ـ الدلائل، لا بد أن نرغب في العثور عليها.

ويعترف بأنه لأعوام كان يعتقد بأن لها قصة مع «ناضار».

أصيح ضاحكة:

ـ «ناضار»؟ لا أريد حتى أن أفكر في هذا، ماما مع ذلك القبيح
«ناضار»! ويا له من اسم سخيف.

«ساندرو» يُصر:

ـ ربما حدث ذلك عام ١٩٨٥، كانت سنكِ وقتها ستة عشر
عامًا وأنا عشرين.

أسأل:

ـ وماما؟

لم أستطع قطُّ أن أحسب بعقلي.

يجيبني:

ـ سبعة وأربعين، أقل مني بعامين اليوم، وأكبر منكِ بعامين.

ـ و«ناضار»؟

ـ ربما اثنين وستّين؟

أصيح:

ـ يا إلهي! سبعة وأربعين واثنين وستين.

ثم أضحك مرة أخرى وأهز رأسي غير مصدقة:

ـ يا للقرف! لا أصدق.

ولكن أخي يصدِّق، وأفهم أنه صدق ذلك دائمًا. يقول وهو ينظر حوله:

ـ شيء ما سيظهر، إن عاجلًا أو آجلًا، إذا لم يكن «ناضار» سيكون شخصًا آخر، يكفي أن نبحث في أواني الزهور، أو بين صفحات الكتب، أو في الحواسيب.

ويعدد عديدًا من الأدوات المحتملة، وأنا أنظر إليه للمرة الأولى بفضول، وأشعر بأبي وأمي، أشعر بهما عبر تلك الجدران الصامتة، معًا ومنفصلين. يهمس «ساندرو»:

ـ كان كل منهما يختبئ من الآخر، ولكن كان كل منهما يترك ما يهدده لأن يُكشف في أي لحظة.

وفي هذه اللحظة، بلا سبب واضح، تلمع عيناه. إنه رجل من هؤلاء الذين يفتخرون بقدرتهم على البكاء. يقرأ رواية، وتسأله كيف كانت، يقول: «بكيت». يشاهد فيلمًا ويفعل الشيء نفسه. الآن تنفجر دموعه، ويبكي أكثر مما بكيت أنا منذ قليل، فهو يميل دائمًا إلى المبالغة. أحتضنه لأهدئه، وأجلس بجواره قليلًا، بينما

يموء «لابِس» مضطربًا. ربما كنت ظالمة مع «ساندرو». كان الكبير، واحتفظ بذكريات أكثر. إن مصائب أبوينا سقطت أولًا عليه ثم ـ ربما غربلتها محاولاته الجنونية لحمايتي ـ فوقي أنا أيضًا. قلت:

ـ اهدأ، كفى، هيا لنتسلى قليلًا، ونوضح الأمور.

(١٠)

كانت ساعات خفيفة، ربما الأخف التي عيشت في هذا المنزل. فتشنا في كل مكان، حجرة تلو الأخرى. في البداية اكتفينا بأن نفسد نظام أبوينا، يتبعنا القط عن بعد، ثم اندمجنا وبدأنا ننزع كل شيء من مكانه. كان الجو يزداد حرارة، وأتصبب عرقًا، وسرعان ما شعرت بالتعب. قلت لـ«ساندرو»:

ـ كفى.

ولكنه استمر بحماس أكبر. عندئذٍ أحضرت مقعدًا إلى شرفة غرفة المعيشة، وبسعادة شعرت بالقط الذي كان يختبئ بجواري. أخذته بين ذراعيَّ، وتحدثت معه قليلًا. كان رأسي ممتلئًا، حتى إن الرغبة الاستحواذية في أن أقنع والدَيَّ بأن يبيعا الشقة قد اختفت. يا لها من فكرة مجنونة. ظهر «ساندرو» من جديد، كان قد نزع قميصه. فكرت: يشبه بابا تمامًا. نظر إليَّ وهو يضحك:

١٩٥

ـ حسنًا؟

ـ يكفي هذا بالنسبة إليَّ.

ـ لنذهب؟

ـ أجل. يريد «لابِس» أن يأتي معي.

عبس هو:

ـ لا، هذا كثير.

ـ بل أجل، سآخذه معي.

ـ اتركي ورقة لماما.

ـ لا.

ـ اتصلي إذن بمجرد عودتها.

ـ لماذا؟

ـ ستتألم.

ـ ولكن القط لن يـتألم. انظر كم هو سعيد؟

الكاتب

«دومينيكو ستارنونه» كاتب وسيناريست وصحفي إيطالي من مواليد نابولي ١٩٤٣.

عمل في التعليم، ثم اتجه إلى الصحافة، الثقافية والساخرة، وساهم بانتظام في أهم الصحف اليومية والأسبوعية الإيطالية، منها: «لونيتا»، و«لا ريبوبليكا»، و«إيل كورييره ديلا سيرا».

احترف أيضًا، بدءًا من ١٩٩٣، الكتابة السينمائية والتلفزيونية.

أصدر أكثر من عشرين عملًا أدبيًّا، ما بين الروايات والمجموعات القصصية، ومسرحية واحدة، لاقت كلها نجاحًا جماهيريًّا ونقديًّا كبيرًا. تصدرت رواياته قوائم الكتب الأكثر مبيعًا في إيطاليا والعالم، وحصد جوائز أدبية عديدة، منها: «جائزة نابولي»، و«جائزة كامبيللو»، و«جائزة ستريجا» المرموقة.

«أربطة» هي أول عمل يُترجم له إلى العربية.

المترجمة

أماني فوزي حبشي من مواليد القاهرة، ١٩٦٨. حصلت على ماجستير في الترجمة، ودكتوراه في الأدب الإيطالي، من كلية الألسن جامعة عين شمس.

حصلت على الجائزة الوطنية الإيطالية للترجمة عام ٢٠٠٣ لإسهاماتها في نشر الثقافة الإيطالية. وشاركت بعدد من المقالات والأبحاث الخاصة بالثقافة الإيطالية والترجمة، التي نُشرت في مختلف الصحف والمجلات المصرية. وأسهمت في تأسيس صفحة «المقهى الثقافي الإيطالي» عام ٢٠١٧، وهي صفحة تعمل كبليوجرافيا للأعمال المُترجمة من اللغة الإيطالية إلى اللغة العربية.

ترجمت لدار الكرمة رائعة «ناتاليا جينزبورج»: «أصوات المساء». ومن أهم ترجماتها الأخرى: «بندول فوكو» لـ«أومبرتو إيكو»، و«ثلاثية أسلافنا: الفسكونت المشطور، البارون ساكن

الأشجار، وفارس بلا وجود» لـ«إيتالو كالفينو»، و«بلا دماء»
لـ«أليساندرو باريكو»، و«اذهب حيث يقودك قلبك» و«صوت
منفرد» لـ«سوزانا تامارو».

ترجمات الكرمة

١. صونيتشكا – لودميلا أوليتسكايا. ترجمها عن الروسية: عياد عيد.

٢. سالباتييرّا – بيدرو مايرال. ترجمها عن الإسبانية: مارك جمال.

٣. أصوات المساء – ناتاليا جينزبورج. ترجمتها عن الإيطالية: أماني فوزي حبشي.

٤. النورس جوناثان ليفنجستون – ريتشارد باخ. ترجمها عن الإنجليزية: محمد عبد النبي.

٥. جاتسبي العظيم – ف. س. فيتزجرالد. ترجمها عن الإنجليزية: محمد مستجير مصطفى.

٦. الاعتداء – هاري موليش. ترجمتها عن الهولندية: أمينة عابد.

٧. صباح ومساء – يون فوسه. ترجمتها عن النرويجية: شرين عبد الوهاب وأمل رواش.

٨. الإوزّة البرّيّة – أوجاي موري. ترجمها عن اليابانية: ميسرة عفيفي.

٩. عشيق الليدي تشاترلي – د. هـ. لورانس. ترجمها عن الإنجليزية: أمين العيوطي.

١٠. الوعد – فريدريش دورِنمات. ترجمها عن الألمانية: سمير جريس.

١١. طيف ألكسندر ولف – جايتو جازدانوف. ترجمها عن الروسية: هفال يوسف.

١٢. رسائل إلى شاعر شاب – راينر ماريا ريلكه. ترجمها عن الألمانية: صلاح هلال.

١٣. قلب الظلمات – جوزيف كونراد. ترجمتها عن الإنجليزية: هدى حبيشة.

١٤. تقرير موضوعي عن سعادة مدمن المورفين – هانس فالادا. ترجمه عن الألمانية: سمير جريس.

١٥. أرض البشر – أنطوان دو سانت اكزوبيري. ترجمها عن الفرنسية: مصطفى كامل فودة.

١٦. ملحمة أسرة فورسايت: صاحب الملك – جون جالزورذي. ترجمها عن الإنجليزية: محمد مفيد الشوباشي.

١٧. اعتراف منتصف الليل – جورج دوهاميل. ترجمها عن الفرنسية: شكري محمد عياد.

١٨. الأمريكي الهادئ – جراهام جرين. ترجمها عن الإنجليزية: شوقي جلال ومحمود ماجد.

١٩. الأمير الصغير – أنطوان دو سانت اكزوبيري. ترجمها عن الفرنسية: محمد سلماوي.

٢٠. أربطة – دومينيكو ستارنونه. ترجمتها عن الإيطالية: أماني فوزي حبشي.